जया जादवानी

जन्म: 1 मई, 1959 को कोतमा, ज़िला शहडोल (मध्य प्रदेश)

शिक्षा: एम.ए. (हिन्दी और मनोविज्ञान)

कृतियाँ: 'मैं शब्द हूँ', 'अनंत संभावनाओं के बाद भी', 'उठाता है कोई एक मुट्ठी ऐश्वर्य' (कविता-संग्रह), 'पहिंजी गोल्हा में' (सिंधी कविता-संग्रह), 'मुझे ही होना है बार-बार', 'अंदर के पानियों में कोई सपना काँपता है', 'उससे पूछो', 'मैं अपनी मिट्टी में खड़ी हूँ काँधे पे अपना हल लिए', 'अनकहा आख्यान' (कहानी-संग्रह), 'बर्फ़ जा गुल', 'ख़ामोशियों के देश में' (सिंधी कहानी-संग्रह), 'समन्दर में सूखती नदी', 'ये कथाएँ सुनाई जाती रहेंगी हमारे बाद भी' (प्रतिनिधि कहानी-संग्रह), 'तत्वमसि', 'कुछ-न-कुछ छूट जाता है' (उपन्यास), 'मिठो पाणी खारो पाणी' (यह उपन्यास सिंधी में भी प्रकाशित), 'हिन शहर में हिकु शहर हो' (सिंधी उपन्यास), 'जे. कृष्णमूर्ति टू हिमसेल्फ़' (हिन्दी अनुवाद)।

अन्य: 'अंदर के पानियों में कोई सपना काँपता है' पर 'इंडियन क्लासिकल' के अंतर्गत एक टेलीफ़िल्म का निर्माण। अनेक रचनाओं काअंग्रेज़ी, उर्दू, पंजाबी, उड़िया, सिंधी, मराठी, बांग्ला भाषाओं में अनुवाद।

कई कहानियों के नाट्य रूपांतरण ऑल इंडिया रेडियो, दिल्ली से प्रसारित।

सम्मान: मुक्तिबोध सम्मान, 'मिठो पाणी खारो पाणी' पर कुसुमांजलि सम्मान 2017, कथाक्रम सम्मान 2017, कहानियों पर गोल्ड मेडल और कई अन्य छोटे-बड़े सम्मान।

ख़रगोश

जया जादवानी

प्रथम संस्करण: 2023

ISBN: 979-8-88959-661-5

© जया जादवानी

मूल्य: ₹ 130/-

प्रकाशक: प्रतिबिम्ब, नोशन प्रेस का उपक्रम
संपर्क: नोशन प्रेस,
7, मांटिएथ रोड
एग्मोरे, चेन्नई, तमिलनाडु – 600008

Khargosh

Novel by Jaya Jadwani

सर्वाधिकार सुरक्षित। लेखक/प्रकाशक की अनुमति के बिना इस पुस्तक के अंशों का उपयोग नहीं किया जा सकता। यह पुस्तक लेखक की सहमति से सामग्री को त्रुटिहीन बनाने के तमाम प्रयासों के बाद प्रकाशित की गई है। हालांकि, लेखक और प्रकाशक पाठ्य सामग्री में जाने-अनजाने या किसी अन्य वजह से छूट गई त्रुटियों या चूक की वजह से किसी भी पक्ष को हुए नुक़सान, क्षति या व्यवधान का दायित्व लेने से इनकार करते हैं।

भूमिका

'ख़रगोश' जैसी एक से अधिक परतें ली हुई, तरह-तरह के और तरह-तरह से सवाल पूछती कृति की सराहना के लिए एक पाठक को अपने पास एक बड़ा, लचीला और व्यापक दृष्टिकोण रखना ज़रूरी जान पड़ता है। इसके पाठक को अपना दृष्टिकोण भी व्यापक रखना होगा और अपना परिप्रेक्ष्य भी बड़ा।

एक तरह से देखने पर अगर यह कृति औरत के दुःख, पीड़ा, अपमान, नियति, और अवमानना की रचना नज़र आती है, तो दूसरी तरफ़ से देखने पर औरत को 'व्यक्ति' की तरह स्वीकार न करने, उसकी नागरिकता को हाशिए पर धकेलने की गाथा नज़र आती है।

अब मनुष्य का अपना लंबा इतिहास होने को आया है। सभ्यताओं ने अपनी लंबी-लंबी यात्राएं तय कर लीं हैं। समूचा संसार आधुनिकता की चकाचौंध में डूबा नज़र आता है लेकिन क्या 'ख़रगोश' की 'काया' अपनी शर्तों पर जी पा रही है? क्या 'काया' की चुनने की अपनी स्वतंत्रता को हमारा समाज थोड़ी-सी भी जगह देने पर विचार कर रहा है? जया जादवानी ने औरत की अपनी तयशुदा, निर्धारित भूमिकाओं से अलग-थलग, अपनी अस्मिता, अपने अस्तित्व के संघर्ष को यहाँ गहरी संवेदनशीलता और करुणा से जांचना-परखना चाहा है।

यहाँ औरत होने की पीड़ा के कई-कई आयाम हैं, तो औरत की अनिवार्य आंतरिकता से संवाद के सिलसिले भी। अगर इस कृति में औरत को व्यक्ति न होने देने के लिए सदियों से रचा गया षड्यंत्र है, तो उसी षड्यंत्र के ख़िलाफ़ खड़ा होता हुआ निरंतर संघर्ष भी।

'ख़रगोश' को पढ़ते-पढ़ते मैं यह भी महसूस करता रहा हूं कि दूसरों की तकलीफ़ों को देख न पाना, दूसरों को न समझ पाने का अंधापन अगर उस दूसरे की मृत्यु है, तब एक दूसरी तरह से हमारी अपनी मृत्यु भी है। दूसरों को उनकी अपनी शर्तों पर देख न पाना, समझ न पाना, एक तरह से मरना-मारना ही है। दुर्भाग्य से दूसरों

पर हिंसा करनेवाला हमारा यह नर्क हमारे दिल के उसी जगह के पड़ोस में रहता है, जिस जगह से हम अपने लिए स्वर्ग की कामना कर रहे होते हैं।

इस कृति के अंत में स्त्री पर होती हिंसा का ऐसा दृश्य आता है, जिसकी कल्पना तक करना किसी सभ्य आदमी के लिए संभव न हो सकेगा, पर यही हिंसा हमारे पाठक को यह भी समझाती है, जब-जब और जहाँ-जहाँ पर मानवीय संवादों में असफलताएं आएंगी, तब-तब और वहाँ-वहाँ पर हिंसा का शैतानी चेहरा सामने आता रहेगा।

– जयशंकर

बेएतबारी

एयरपोर्ट की तरफ़ निकलने के लिए अपनी बाइक को किक मारते हुए उसकी देह कई बार झनझनाई। वैसे भी जब से उसने अपने आने के बारे में बताया है, भीतर लगातार कुछ झनझनाए जा रहा है। कुछ भी उसके वश में नहीं है। करती है कुछ, कुछ और हो जाता है। चलती है कहीं और के लिए, पहुँचती कहीं और है। भीतर इतनी उथल-पुथल मच गई है कि कोई बात अपनी जगह पर नहीं है। हज़ारों बार सोचा, अभी मना कर दे आने को, उसके एग्ज़ाम सिर पर हैं, पर जानती है, नहीं कर पाएगी। एग्ज़ाम तो हमेशा ही उसके सिर पर सवार रहे हैं। उन्हीं के बीच तो जीने की थोड़ी-सी मोहलत मिलती है, नहीं तो घरवाले तुम्हारा गोश्त बनाकर खा जाएं। और वह ख़ुद भी तो कितनी पागल हो रही है, अभी तो सिर्फ बात हुई है, मुलाक़ात तो हुई ही नहीं, पर देखो, भीतर एक अजीब-सा संगीत बजने लगा है। बेचैन संगीत। गोया लहरें किनारों तक आती हैं, जाती हैं, सिर पटकती हैं। समझ नहीं पा रही, ऐसा क्या हो गया है उसके साथ, जो पहली बार है। नहीं, पहली बार कुछ नहीं है, पर क्या हर बार पहली बार नहीं है? हर बार यही दीवानगी, हर बार यही जुनून, हर बार भीतर को तहस-नहस कर देनेवाला तूफ़ान कि लगता है, इस बार... इस बार... तुम गए...

देर तक उसके कानों में उसकी आवाज़ की लहरें कांपती हैं, जब बात करने के बाद वह फ़ोन रखती है। कितना आहिस्ता-आहिस्ता रुक-रुककर बोलती है वह। इंग्लिश तो फ़्लूएंट बोलती है, पर हिन्दी के छोटे-छोटे वाक्य... पर जब चुप होती है, सबसे ज़्यादा बोलती है। बिलकुल साफ़। जो नहीं कहा जा सका, वह तुम्हारे पूरे वजूद में समा जाता है। उसकी सांसों की मद्धिम-मद्धिम आवाज़... वह छू सकती है उसकी भाप-सी उठती सांस। इनविज़िबल, पर ठोस। उस साँस की कांपती हुई देह, जो उसकी अपनी देह पर क़ाबिज़ हो जाती है और वर्तुलाकार उसके भीतर उतरती है। कैसे कोई उतर सकता है इस तरह तुम्हारे भीतर? बेआवाज़, पर वज़नदार। कैसे कोई तुम्हारे अंदर के पानियों में छलांग लगा देता है? एक

हल्की-सी 'गुडुप' की आवाज़ और पानी, पानी में समा जाता है। उसे अपने भीतर उछलती लहरें महसूस होती रहती हैं उससे बात करते वक़्त।

यह जाते हुए नवंबर की ठंडी शाम है। छः बजने से पहले ही अँधेरा उतरने लगता है। आठ बजे की फ़्लाइट है और वह छः बजते ही घर से निकल पड़ी है। हद-से-हद आधे घंटे का रास्ता है माना एयरपोर्ट का, क्या करेगी एयरपोर्ट के बाहर बेंच पर बैठकर? वही, जो घर पर बैठकर करेगी, उसे याद। जब किसी की याद आती है, घर से बहुत दूर जाने का मन करता है। अकेले भटकने का, जहाँ तुम उस याद को छू सको। उसे अपने हृदय की नसों में पूरा चक्कर लगाते महसूस कर सको। घर किसी को याद करने ही नहीं देता, घर की सख़्त और ठंडी दीवारें गुनगुनी याद को भी ठंडा कर देती हैं। घर की निरंतर चलती चक्की में तुम्हें लगातार कुछ-न-कुछ डालना ही पड़ता है। थोड़े-से एहसास, थोड़े-से ठोस इरादे, थोड़ा-सा कॉन्फ़िडेंस, थोड़ी-सी ख़ुद्दारी, थोड़ी मुलायमियत और धीरे-धीरे अपना आप ख़ाली होता जाता है।

अब वह सचमुच हल्की ठंड में सिहरती, बाहर बेंच पर मोबाइल हाथ में थामे उसे याद कर रही है। कारें रुकती हैं। सजे-धजे लोग उतरते हैं। अपने बैग से टिकट और आईडी निकालते हैं। ट्रॉलियां घसीटते हुए प्रवेश-द्वार तक जाते हैं। टिकट चेक करवाते हैं और अंदर चले जाते हैं। कई पल वह उन सबको निर्विकार-सी देखती रहती है।

दोस्तों के कनेक्शंस भी कहीं-से-कहीं जा मिलते हैं। जिसे हम ख़त्म हो चुका समझते हैं, उसकी राख में भी एक चिंगारी दबी रहती है।

कितने अनएक्सपेक्टेड ढंग से लोग आए उसके जीवन में! कितने सारे! और एक दिन अपना सामान उठा बिना बताए चलते बने। लोगों को जल्दी होती है आने की भी, जाने की भी। हमारी जेनरेशन की यही प्रॉब्लम है। बहुत तेज़ी से लोग आते और जाते हैं, मानो जीवन किसी ट्रेन का कम्पार्टमेंट हो। हर स्टेशन पर कोई चढ़ जाता है और कोई उतर जाता है। पता ही नहीं चलता, किसके पास कहाँ तक का टिकट है। जिसके साथ रात हम आराम से सोए होते हैं, सुबह वही ग़ायब मिलता है। नोरा भी उतर गई थी बिना बताए। मात्र एक ही साल का साथ था और उस एक साल में पागलों की तरह प्रेम किया था उन्होंने।

'ख़रगोश, तू मुझे छोड़ तो नहीं देगी न?' नोरा उसे अक्सर कहती। उसकी दुबली-पतली देह, ग्रे आँखें और सफ़ेद त्वचा के चलते उसके क़रीबी दोस्त उसे 'ख़रगोश' कहते।

'यह बेएतबारी आपकी तरफ़ से है। आपको ऐसा लगता है क्योंकि भाग जाना आपकी फ़ितरत है। किसी के साथ सारी उमर नहीं रहना चाहतीं या साथ रहने से डर लगता है?'

'दोनों... लड़कियां धोखेबाज़ होती हैं। जब तक उन्हें कोई लड़का नहीं मिलता, लड़कियों के साथ टाइम पास करती हैं। जैसे ही कोई लड़का मिला... छू...' नोरा चुटकी बजाते हुए शरारत से कहती।

'हां, पर कुछ ऐसी भी तो होती हैं, जो लड़कों के साथ जाना नहीं चाहतीं।'

'यह क़ुबूल कर सकने का करेज कहाँ होता है सब में?' उसके चेहरे पर एक गहरी मुस्कान आ जाती थी।

'पर आप में तो है। आप जो चाहती हैं, उसे क़ुबूल कर सकने का करेज...'

वह चुप हो गई थी। वह कभी अपने दिल की बात नहीं बताती थी और फिर एक दिन वह यों ही उतर गई उस कम्पार्टमेंट से बिना बताए। वह तड़पकर रह गई थी। हर स्टेशन पर इंतज़ार किया था कि आ जाएगी घूम-फिरकर, पर वह नहीं लौटी थी। और फिर लगभग चार साल बाद नोरा ने उसे कॉल किया था। नोरा का नंबर तक उससे खो गया था, पर उसकी आवाज़ सुनते ही लम्हे में काया ने उसे पहचान लिया था।

'आपके पास आज भी मेरा नंबर है?'

'हां, मैं आज भी तुम्हें उतना प्यार करती हूं।' सुनकर काया को थोड़ी हंसी आ गई।

'कोई शक?' उसकी हंसी सुनते ही नोरा ने पूछा।

'नहीं। प्यार तो बहुत लोग करते हैं, पर ज़िम्मेदारी कोई नहीं उठाता।' काया के मुंह से निकल गया। क्षण भर को दूसरी तरफ़ ख़ामोशी छा गई।

'ये तो दो अलग बाते हैं काया। ज़िम्मेदारी उठानेवाले प्यार नहीं दे पाते और प्यार करनेवाले ज़िम्मेदारी नहीं उठा पाते। इन दोनों को मत मिलाओ। उठा तो रहे हैं हमारे घरवाले हमारी ज़िम्मेदारी, पर प्यार कहाँ है? रिस्पेक्ट कहाँ है?'

'आप किस तलाश में गई थीं?'

'अभी इस सवाल का जवाब नहीं दे पाऊंगी। बताओ कैसी हो?'

'ठीक, आप बताएं, क्या चल रहा है लाइफ़ में?' उसका दिल एक बार ज़ोर से धड़ककर ख़ामोश हो गया।

प्रायश्चित

मोहब्बत बहुत संगदिल होती है। जैसे ही उसे पता चलता है कि उसके बिना तुम मर जाओगे, वह तुम्हें प्लैटफ़ॉर्म की बेंच पर अकेला छोड़कर ग़ायब जाती है। छोड़कर जाती लड़कियों की संख्या में इज़ाफ़ा होते-होते वह समझने लग गई है, लड़कियां संगदिल होती हैं, उन्हें प्रेम में सुरक्षा चाहिए। वे एक हद तक साथ आकर फिर लौट जाती हैं अपने कबूतरखानों में। उन्हें वे कबूतरखाने पसंद हैं, जहाँ वे अपने कबूतरों को महफ़ूज़ समझ सकें। भले वे टंगी रहें तमाम वक़्त अपनी बालकनी के पिंजड़ों में।

उन्हें वे आदमी पसंद हैं, जो रात को आ जाते हैं कबूतरों को दाना डालने, उन्हें अपनी मुट्ठी में मसलने। नहीं भी आते, तो भी वे अपने कबूतरों को बहला लेती हैं। बहलाकर सुला देती हैं। वे जब नींद में फड़फड़ाते हैं, वे अपने ठंडे हाथों से उनका गर्म पेट सहलाती हैं। बस कभी-कभी कुछ कबूतर काट दिए जाते हैं। कुछ उड़ जाते हैं अपनी नियति को तिनके-सा अपनी चोंच में उठाए। उनकी बात कोई नहीं करता। कभी कुछ किताबें उनकी बात करती हैं, फिर उन पर भी धूल पड़ जाती है।

'मैंने शादी कर ली।' नोरा ने एक झटके से कह दिया था।

'आपने शादी कर ली? आप तो शादी नहीं करना चाहती थीं। आप तो ज़िंदगी अपनी शर्तों पर जीना चाहती थीं।' उसे हैरानी नहीं होनी चाहिए थी, पर हुई। बात नोरा की है, जिसे एक जगह बंधकर रहना पसंद नहीं था, जो वक़्त मिलते ही अपनी बाइक लेकर उड़ जाती थी। किसी को बताती तक नहीं थी कि कहाँ जा रही है। जिसके जीने का अंदाज़ देखकर वह ख़ुद को हमेशा कहती थी – 'देख काया, इसे कहते हैं जीना, पंख खोलकर उड़ना, आसमान नापना और तुम क्या करती हो? मुर्गी की तरह दड़बे में जीना और कटने की प्रतीक्षा करना।'

'तो क्या शादी का मतलब किसी दूसरे की शर्तों पर जीना होता है?' नोरा ने व्यंग्य से पूछा।

'यस ऑफ़कोर्स। वहां सिर्फ जिस्म देने से काम नहीं चलता। वे तो हमसे हमारा सब कुछ मांग लेते हैं। मांग क्या, छीन लेते हैं। हमारा मन... हमारी आत्मा...' जाने कैसे काया के मुंह से निकल गया।

'ऐ! तू वही लड़की है न... गोरी-गोरी... दुबली-पतली मछली-सी, जिसके पास कमसिन-सी देह के सिवा कुछ भी न था। बड़ी जीनियस हो गई है।'

'हां, तो हम छोटी-बड़ी मछलियाँ ही तो हैं और तुलती भी एक ही तराजू पर हैं। शादी के तराजू पर। मछली मूर्ख या जीनियस नहीं होती, वह सिर्फ मछली होती है।' उधर से हंसने और सीटी बजने की आवाज़ आई।

'हाय, तेरा मुंह चूम लेने का मन करता है।'

'झूठ मत बोलिएगा, इस शादी में आपकी मर्ज़ी थी?'

'पूरी नहीं। यू नो... बंगाली फ़ैमिली...'

'आई अंडरस्टैंड। पर मुझे नहीं लगा था, आप भी सरेंडर कर देंगी।' काया ने धीमी आवाज़ में कहा। किसी मीनार को देखकर हमें लगता है, यह आख़िर तक खड़ी रहेगी, पर हवा का एक बेमतलब-सा झोंका आता है और वह मलबे में तब्दील हो जाती है। कहने की ज़रूरत नहीं कि नोरा की शादी के पीछे भी उसकी मां ही होगी। माएं भी वही बन जाती हैं, जो दूसरे उन्हें बना देते हैं। न जीती हैं, न बेटियों को जीने देती हैं। एक पतिनुमा प्राणी के सामने जीवन भर न सिर्फ ख़ुद को साबित करती हैं, बच्चों को भी इसी काम पर लगा देती हैं। पर नोरा भी? भीतर कहीं यह यक़ीन दरकता महसूस हुआ कि हम भी अपनी मर्ज़ी से जी सकती हैं।

उधर से नोरा की उदास हंसी सुनाई देती है...

'ख़रगोश, कैन यू बिलीव, मेरी बहुत सारी गर्लफ़्रेंड्स रही हैं पर जिसे मैंने सबसे ज़्यादा चाहा है न, वह तुम हो। जिस पल तुम्हें चाहा, बस तुम्हीं थीं।'

'हां, पर मैं एक पल थी, जो गुज़र गया।' काया ने सिर्फ सोचा, कहा नहीं। वह एक गुज़रे हुए लम्हे की बात थी, गुज़री हुई इंटेंसिटी की। पर इससे क्या होता है?

गुज़रकर कोई चीज़ मर जाती है? नहीं, वह वहीं फ़्रीज़ हो जाती है। तुम उसे दुबारा उसी तरह नहीं पा सकते, बस उसे याद कर सकते हो।

'ख़ुश हैं आप?' दरअसल यह सवाल किसी से नहीं पूछना चाहिए। अगर ठीक जगह पर चोट कर दी इसने, तो जाने कितने नरकों का पानी भरभराकर बह निकलता है।

'वह फ़ौज में है। बहुत बड़ा अफ़सर है। उसे अपने काम से ही फ़ुर्सत नहीं है। वह अपनी लाइफ़ जीता है, मैं अपनी। अब मेरा चैप्टर बंद। ओके?' अब नोरा भी घबरा रही है। प्लास्टर ऑफ़ पेरिस लगा रखा है हर जगह। बहुत ज़्यादा धक्के लगे, तो नई व्यवस्था करनी पड़ेगी।

काया इसलिए भी हैरान है कि वह हमेशा रोल मॉडल रही है उसकी। उसे कभी नहीं लगा था, एक दिन वह अपने जीने का अंदाज़ बदल लेगी। वह तो उड़ना चाहती थी। अडवेंचर पसंद थी। जीवन को एक्सप्लोर करना चाहती थी। कभी बाइक राइडिंग, कभी ट्रेकिंग, कभी अनजान जगहों पर अकेले चले जाना, बिना किसी को बताए, कभी कुछ, कभी कुछ। उसे एक खूंटे से बंधकर रहने से नफ़रत थी। ख़ूब पैसा कमाती थी और ख़ूब ख़र्च करती थी।

'ओके सॉरी। आज कैसे याद किया?'

'तुम्हारा ईमेल मिला था कोरोना काल में कि आप ठीक तो हैं न? यह उसी का जवाब है।'

'एक साल बाद जवाब, शुक्रिया...' काया ने हंसकर कहा, तो नोरा भी हंस पड़ी।

'जहाँ प्रेम होता है न ख़रगोश, वक़्त गिर जाता है। इससे क्या फ़र्क पड़ता है कि कितने साल गुज़रे हैं और इस वक़्त हम कहाँ हैं?'

'हां, जो अनुपस्थिति में भी बना रहे, वही प्रेम है।' काया ने थोड़ा तंज़ से कहा। कुछ लोग ज़िंदगी में हर तजुर्बे से गुज़र जाना चाहते हैं। एक चुप-सी पसर जाती है दोनों के बीच और उस चुप के पुल पर लड़खड़ाते क़दमों से कितने ही लम्हे चल पड़े, जो उन्होंने साथ गुज़ारे थे।

'तुम सिंगल हो या किसी रिलेशनशिप में हो?' फिर नोरा ने ही पूछा।

'अभी तो सिंगल हूं।'

'मेरी एक दोस्त है, मालिनी। उससे बात करोगी?'

'सिर्फ दोस्त है या दोस्त से कुछ ज़्यादा है?'

'दोस्त ही समझ। ऑर्फ़न है। चर्च ने पाल-पोसकर बड़ा किया। चर्च के ही एक स्कूल में इंग्लिश पढ़ाती है। मैं वहीं स्पोर्ट्स टीचर थी। छः महीने पहले ही तो मेरी शादी हुई है और अब वह बहुत अकेली हो गई है। उसकी हिन्दी बड़ी वीक है। उसे हिन्दी पढ़ा दे। हिन्दी पढ़ाने को बहाना समझ। बहुत अच्छी लड़की है। बहुत कम बोलती है और सुन, उसको कभी दुखी मत करना।'

'और आप जो उसको दुखी करके चले गए हो...'

'उसी का प्रायश्चित कर रही हूं।'

'और मुझे भी उसी प्रायश्चित का हिस्सा बना रही हैं।'

'ऐसा कुछ नहीं है ख़रगोश। बहुत अमेज़िंग लड़की है। अमेज़िंग को अमेज़िंग मिलना चाहिए न, इसीलिए मिला रही हूं। आगे तेरी मर्ज़ी।'

'ठीक है। आप कहते हो, तो पढ़ा दूंगी। उसका नंबर?' उसने अपने बियाबान दिनों के बारे में सोचा और मान गई।

'भेज रही हूं। बाय। कहीं मिलेंगे, तो पहचान लेना। मेरा कुछ सामान तुम्हारे पास पड़ा है...' नोरा ने हंसकर कहा और फ़ोन काट दिया।

हां, बहुतों का बहुत सामान उसके भीतर पड़ा है। कितनी बार सोचा, फेंककर सुर्ख़रू हो जाए, पर चीज़ों से ज़्यादा जिए हुए लम्हों का लालच होता है। तुम करते रहो कोशिशें, आत्मा अपनी मुट्ठी आसानी से नहीं खोलती।

बस याद साथ है

काया ने मालिनी को मैसेज तो कुछ दिन बाद किया था कि नोरा ने मुझे आपको हिन्दी पढ़ाने के लिए कहा है, पर उस दिन और आनेवाले कई दिन नोरा उसे बहुत शिद्दत से याद आती रही थी। कितनी-कितनी बार उसने अपनी और नोरा की चैट लैपटॉप पर पढ़ी थी। फिर-फिर जीती रही उसके साथ जिए हुए लम्हे...

'You are a very special person to me whom I was searching for a long time. Now that the search is over (I've found you) everything has become so beautiful. I hear music in everything. Many questions have started to arise. Questions to know more about you. How do you live, how do you breathe, how do you walk, how do you talk... I want to know all about you that makes you so special. When you first came to Nazrul Teertha guest house, that moment is etched in my memory forever. There must have been many people in your life who must have told you this. Yes, I am one of those who want you to be mine. I LOVE YOU. I feel shy to say these things in front of you...'

हज़ारों बार पढ़े हुए मैसेज वह बार-बार पढ़ती है। कर दिया था काफ़ी कुछ डिलीट, पर सब कुछ तो डिलीट नहीं होता न। कुछ तो सेव हो ही जाता है हमेशा के लिए।

नोरा के अचानक जाने से टूटकर बिखर गई थी वह। लगता था, सब ख़त्म हो गया और अब दुबारा उस तरह कुछ नहीं हो सकता, पर क्या सचमुच? आहिस्ता-आहिस्ता वह वक़्त भी गुज़र गया था।

मालिनी को भेजे सुबह के मैसेज का रिप्लाई देर रात आया था। थोड़ी देर तक चैटिंग होती रही, फिर मालिनी ने कॉल कर लिया था।

'नोरा और आपका क्या है?' फ़ॉर्मल बातों के बाद मौक़ा मिलते ही काया ने पूछ लिया था। जब से नोरा से बात हुई है, यही प्रश्न उसे परेशान कर रहा है।

'मैं उसके साथ लगभग छः महीने रिलेशनशिप में थी। हम एक-दूसरे को बहुत पसंद करते थे, सब कुछ बहुत अच्छा चल रहा था। मैंने उसे पागलों की तरह प्यार किया और उसने भी मुझे यही एहसास करवाया और फिर अचानक उसने शादी कर ली और राजस्थान चली गई। अपने 'रोके' तक का उसने मुझे नहीं बताया। इतना आनन-फानन किया कि कोई पीछे पड़ा हो।'

'यह मुझे पहले ही लगा था, नहीं तो वह आपकी बात क्यों करती? क्यों मुझे आपके पास भेजती? उसे अपना आप छिपाने की आदत है। वह सबके साथ यही करती है। दूसरे की ज़िंदगी में इस तरह शामिल हो जाती है कि उसे सिवा नोरा के कुछ नज़र नहीं आता, पर अपनी ज़िंदगी में किसी को शामिल नहीं करती। किसी से कुछ शेयर नहीं करती।'

'हाउ डू यू नो हर?'

'कुछ वक़्त मैं भी उसके साथ रिलेशनशिप में थी।' काया ने ज़रा असहजता से कहा था।

'यार, यह चल क्या रहा है?' थोड़ी देर बाद उधर से आवाज़ आई।

'डोंट वरी। उसका मत सोचो। जब हमें एक-दूसरे के साथ अच्छा नहीं लगेगा, हम बात करना बंद कर देंगे। हम सबका एक पास्ट होता है। आगे बढ़ना है, तो उसे वहीं छोड़ना होगा।' काया ने बेहद नर्म आवाज़ में कहा था। अब वह इतना जान गई है, हमेशा ही कोई क़ुसूरवार नहीं होता, बस वक़्त की कोई लहर उन्हें अपने साथ बहा ले जाती है और इतनी दूर ले जाकर छोड़ती है कि वापस आने में वक़्त लग जाता है।

'इट इज़ सो इज़ी? पास्ट तो स्किन की तरह हमारी आत्मा से चिपक जाता है। इसे अलग करना बड़ी तकलीफ़ का काम है। इम्पॉसिबल है। क्या आप अब भी किसी रिलेशन में हो?'

'इस वक़्त सिंगल हूं। थोड़े वक़्त पहले थी आहना के साथ। कुछ महीने पहले उसका भी 'रोका' हो गया है। हम दोनों एक ही सोसायटी में रहते हैं। आहना

इतनी दीवानी थी मेरे लिए कि दिन में कई बार मुझे देखने घर चली आती थी। हज़ारों मैसेज आते-जाते थे फ़ोन पर। उसे मेरे हर लम्हे का पता होता था कि मैं किस वक़्त क्या कर रही हूं। मेरे पास लफ़्ज़ नहीं हैं यह बताने को कि मैं उसके लिए क्या थी? अगर मेरी दस गर्लफ्रेंड बनी हैं, तो जितना पागलपन मैंने आहना में देखा, किसी और में नहीं। दिन के चौबीस घंटों में से सोलह घंटे हमने साथ बिताए हैं। ग़ाज़ब का इन्वॉल्वमेंट, पर वही... अटैचमेंट कब डिटैचमेंट में बदल जाता है, पता ही नहीं चलता।'

'वजह?'

'लड़कियां लड़कियों के साथ सेफ़ महसूस नहीं करतीं। न वे अपना फ़्यूचर देख पाती हैं दूसरी लड़कियों में, ऐसा मुझे लगता है। डीप एनालिसिस करने के लिए तो फ्रायड पढ़ना पड़ेगा, पर जितना मैं जानती हूं, आहना की अपनी ज़िंदगी भी काफ़ी अजीब रही है।'

'अजीब कैसे?'

'इसकी मां का संबंध अनेक पुरुषों से रहा है। पापा बहुत शांत थे। उन्हें अपनी पत्नी के संबंधों की बाबत सब कुछ पता था, पर वह कभी कुछ कह नहीं पाते थे। बच्चे हमेशा मां के साथ या अकेले रहे हैं। जब वे छोटे थे, उनकी मां तीन-चार दिन के लिए उनको घर में लॉक करके चली जाती थी, खाना-वाना छोड़कर। पापा दूसरी जगह जॉब करते थे। कई बार उन्हें पता तक नहीं चल पाता था। आख़िर उन्होंने बच्चों को बोर्डिंग स्कूल में डाल दिया। यह मुझे आहना ने ख़ुद बताया था। वह कहती थी, 'हमने हमेशा धोखा और अकेलापन देखा है। मुझे कोई ऐसा चाहिए, जो मुझे संभाल ले। जो मेरी पूरी ज़िम्मेदारी ले ले। जिसके साथ यह डर न हो कि चला जाएगा छोड़कर।' जिस समय वह टूटी हुई थी, मैंने उसे सहारा दिया था। वह मुझे बहुत मानती थी। कहती भी थी, 'तूने मुझे ज़िंदगी दी है, नहीं तो मैं मर जाती।' मैंने उसे जीवन दिया, तो उसने मुझे क्या दिया?'

'शायद यही डर वजह हो कि आप चली जाएंगी छोड़कर...'

'मैं नहीं चाहती थी छोड़ना। कभी नहीं। यह बात वह जानती थी। मैं उसके साथ जीवन भर रहने को तैयार थी।'

'आपने आहना से वजह पूछी?'

'पूछी थी। उसने कहा, 'हम एक-दूसरे के लायक नहीं।' मैंने कहा, 'यह तुझे बड़ी जल्दी समझ में आ गया। अब तक कैसे रहती थी मेरे साथ... दिन में पचास बार फ़ोन करती थी। दस बार तो घर में मिलने आ जाती थी। अब क्या हो गया?' कोई जब अपने बदलाव को स्वीकार नहीं करना चाहता, वह बहाने बनाने लगता है। अगर वह बदल सकती है, तो कोई भी बदल सकता है। एतबार भी इंसान की इतनी मार खाता है कि चुइंग गम बन जाता है।'

'वह ख़ुद शादी करना चाहती थी या घरवालों का दबाव था?'

'कभी वह कहती थी, वह अपने घरवालों को धोखा नहीं दे सकती। उनको नहीं छोड़ सकती, पर उसकी हरकतें ऐसी नहीं थीं। वह दिन भर मुझसे यही कहती थी, 'हम ऐसे जिएंगे, वैसे जिएंगे।' उसी ने मुझे इंस्टाग्राम पर सोफ़ी और अंजली की तस्वीरें दिखाई थीं, जो लेस्बियन हैं। एक इंडिया की है, एक पाकिस्तान की और अब दोनों फ़ॉरेन में रहती हैं। सेलिब्रिटी हैं। इन्होंने एक-दूसरे के लिए सब छोड़ दिया और अपना प्रेम चुन लिया। इनकी लाइफ़ का हर मूवमेंट वह मुझसे शेयर करती थी। कहती थी कि देख, ये इतने प्यार से रहती हैं और ये जो लाइफ़ जी रही हैं न, पागल कर देनेवाली है। तू अपने आपको ऐसी लाइफ़ के लिए तैयार कर ले। हम ऐसे ही जीने वाले हैं।'

'उसने मुझे बहुत सपने दिखाए और मैंने देखे भी। भरोसा इसलिए करती थी कि बहुत डेयरिंग है उसमें। मुझे लगता था, वह मुझे कभी नहीं छोड़ेगी, पर जब उसे लड़का मिला, उसकी सगाई हुई, वह पूरी तरह बदल गई। मैं उसकी तब की ज़रूरत थी, जब उसके पास कोई नहीं था। ज़रूरतें पूरी करने एक लड़का आया, तो उसने मुझे छोड़ दिया। लड़कियां कैसे बदल जाती हैं एकदम?'

प्यार और परिवार

'इन लड़के-लड़कियों ने प्यार-मोहब्बत को मज़ाक़ बना रखा है। कोई मजबूरी नहीं है, झट अलग हो जाते हैं। अब वह दिन भर अपने मंगेतर का नाम जपती रहती है, जो कहती थी, उसे लड़कों से नफ़रत है। उसके मंगेतर की भी कई गर्लफ्रेंड्स रह चुकी हैं। वह एक बार लिव इन रिलेशनशिप में भी रह चुका है, जिसे बाद में उसने छोड़ दिया। आहना ने ही उसे फ़ेसबुक पर ढूँढा था, उससे दोस्ती की और अब शादी कर रही है। वह एक ही समय उससे भी इन्वॉल्व्ड थी, मुझसे भी और मुझे पता ही नहीं चला। आजकल सब चलता है। एक मेरी मां है, फ़ोटो देखकर करवा चौथ का व्रत तोड़ती थी, जब पापा आर्मी में थे। मुझे वह भी ग़लत लगता था, यह भी। तो आख़िर सही क्या है? क्या सबका अपना एक अलग 'सही' होता है, जिसमें दूसरे की कोई जगह नहीं होती?'

कहते-कहते काया का गला भर आया, 'नहीं, रोना नहीं। अब तो यह सब इतनी बार हो चुका कि याद ही नहीं रहता, ये आंसू किस ब्रेकअप के बह रहे हैं?'

स्पीकर के उस पार ख़ामोशी थी, जिसकी गर्मी में धंसकर बैठना काया को अच्छा लगा।

'आप अपनी बताएं। क्या नोरा के अलावा भी किसी रिलेशनशिप में रही हैं?' थोड़ी देर बाद काया ने अपने आंसू निगलते हुए जल्दी से पूछ लिया। वह बस फ़ोकस से हटना चाहती थी।

'हां, नोरा से पहले मैं दस साल एक रिलेशनशिप में थी और वह मुझसे दस साल बड़ी थी। मैंने उसे अपना सब कुछ मान लिया था, पर कुछ ही सालों बाद वह मुझे मारने लगी थी। एक लड़का आया करता था उससे मिलने उसी कमरे में, जिसमें हम साथ रहते थे। उसे उस लड़के का भी चस्का लग गया था। वह जब आता, वह चाहती कि मैं रूम छोड़कर चली जाऊं। कभी-कभी मैं चली भी जाती, पर जब मैं न जाना चाहती, वह मुझे मारने आती। वह लड़का भी मुझे ऐसी निगाहों से

देखता कि लगता था, उसे दोनों चाहिए। वह कहता, इसे बैठी रहने दो, इसे हम प्यार करना सिखाएंगे। वह हमारा साझा घर था, पर उसने ख़ाली करवाया। मैंने उस पर कोर्ट केस भी किया, पर क्या होता है ऐसे केसेज़ का, तुम जानती होगी। इसके बाद मैं स्कूल के गर्ल्स हॉस्टल में रहने चली गई। मुझे समझ में नहीं आता, ये लड़कियां शुरू में गाली देती हैं लड़कों को, उनके नाम से ही चिढ़ती हैं, जैसे 'गे' लड़कियों को गाली देते हैं। शायद कोई बैड एक्सपीरिएंस होता हो पास्ट का, पर फिर जब मौक़ा मिलता है, वे लड़कों के साथ हो लेती हैं। यह कैसे पॉसिबल है अगर उन्हें लड़कों के नाम से इतनी नफ़रत है? मैं कई बार सोचती हूं, दोनों में एक रिश्ता झूठा है, पर फिर वह कौन-सा है?'

'इस मामले में सबके पैरामीटर अलग हैं। शुरू में हम जैसी लड़कियां यही प्रिफ़र करती हैं कि वे लड़कियों के साथ ही रहें, पर फिर सोशल फ़ियर आ जाता है। फ़ैमिली आ जाती है। तमाम तरह के डर आ जाते हैं और वे टूट जाती हैं।'

'इसका मतलब हमारा दो लड़कियों का रिश्ता टाइम पास है?'

'सबके लिए नहीं, पर बहुतों के लिए तो है ही।'

जाने कैसे हुआ, पर उस दिन उन्होंने दो घंटे बात की। नोरा ने तो कहा था, वह बहुत कम बात करती है, पर पता नहीं कहना था कि बहना था, दोनों कहती रहीं, बहती रहीं साथ-साथ।

उस सारी रात काया को नींद नहीं आई थी। यह क्या हो रहा है उसके साथ? एक बार फिर? जिसे वह अच्छे से जानती तक नहीं, उससे? पर अच्छे से जानना क्या होता है? क्या वे एक-दूसरे को अच्छी तरह नहीं जानते होंगे, जो दस-दस साल एक-दूसरे के साथ रहते हैं? फिर क्या हो जाता है एक दिन कि सब झूठ लगने लगता है और ये क्या सिर्फ हमारे रिश्तों में होता है? औरत-मर्द के रिश्तों में तो हमने हमेशा देखा है, वह नहीं देखती अपनी मां को पिता की चिरौरियाँ करते, उनकी डांट खाते, उनके आगे-पीछे होते? क्यों? क्योंकि वह मुखिया हैं और मां मुलाज़िम। अभी कुछ दिन पहले की ही तो बात है। करवा चौथ का दिन था। मां ने हमेशा की तरह व्रत रखा था और पूजा वगैरह के कारण पापा को डिनर में लेट हो रहा था। वह मां को डांटने लगे बुरी तरह से कि काया फट पड़ी, 'आपसे नहीं रुका जा रहा, तो आप खाना खा लें और सो जाएं। इतने साल आप घर पर नहीं थे, तो मां फ़ोटो देखकर व्रत तोड़ लेती थी। आज भी यही कर लेगी।'

पापा को बहुत बुरा लगा था और उनके बीच अच्छी-ख़ासी तकरार हो गई थी। उसे मां की डांट भी खानी पड़ी थी कि चुप हो जा। ये क्या कभी जान पाएंगे कि उसे जिन कारणों से शादी से नफ़रत है, उनमें एक कारण उसके पैरेंट्स भी हैं।

दूसरे दिन तो उन्होंने हद ही कर दी थी। चार घंटे बातचीत चलती रही थी उनके बीच। मालू कहती भी जा रही थी, मैंने इतनी बात कभी किसी से नहीं की, पर पता नहीं ऐसा क्या है तुम में? काया तो जैसे होश में ही नहीं थी। समंदर की विशाल लहर उसे जिस ओर ले जाती, वह बहती चली जाती। दोनों ने अपने भीतर संभालकर रखी पीड़ाओं की गठरी खोल दी थी और हर थिगली से वे दूसरी को वाकिफ़ करा रही थीं। ठीक ही तो कहती है मालू, पास्ट तो हमारी आत्मा पर चिपकी स्किन है, उसे किस ऑपरेशन टेबल पर अलग किया जा सकता है?

'क्या हमें मिलना चाहिए?' काया के सामने एक काँपता हुआ प्रश्न था। हर रिश्ते के साथ वह एक नई रेतीली ज़मीन पर जा खड़ी होती है और उसे हर वक़्त लगता है, पैरों के नीचे से रेत सरकती जा रही है।

प्रेम की ज़रूरत

'आई वांट टू मीट यू। मैं नोरा को भूलना चाहती हूं।' उधर से मालू की इमोशनल आवाज़ आई थी।

'सिर्फ इसलिए कि तुम नोरा को भूलना चाहती हो?' काया को हंसी आ गई। उसने आगे कहा, 'किसी दिन नोरा ने भी मुझसे यही कहा था, जब फ़ेसबुक पर फ़्रेंड रिक्वेस्ट स्वीकार करने और कई दिन मैसेजेज़ पर बात करने के बाद हम दोनों ने पहली बार फ़ोन पर बात की थी। 'हाय, हेलो' के बाद नोरा ने सीधे ही पूछ लिया था, 'तुम लड़कियों में इंट्रेस्टेड हो?'

'याह...'

'मेरा ब्रेकअप हो गया है और मुझे उसे भुलाना है। मुझे 'तुम' चाहिए।'

'ओके लेट्स सी। मुझे पता नहीं, यह कब तक चलेगा?' मुझे थोड़ा अजीब भी लग रहा था। फ़ेसबुकवाला प्यार अभी तक सिर्फ सुना था, भरोसा नहीं किया था और नोरा से बातचीत के कुछ ही दिनों बाद यह घड़ी आ गई थी। किन्हीं-किन्हीं रास्तों पर शक की भारी गठरी लेकर आपसे चला नहीं जाता। आप जल्द से जल्द उसे गिरा देना चाहते हो।

'फिर?' उधर से मालिनी की उत्सुक आवाज़ आई।

'नोरा खुलकर हंस दी, मानो कह रही हो, क्या इससे कोई फ़र्क़ पड़ता है और हम दोनों के बीच बातचीत शुरू हो गई थी। रफ़्ता-रफ़्ता मुझे दिखने लगा था कि वह सीरियस होती जा रही है। जब वह फ़ोन पर बात करती थी, तो लगता था, बस यही सच है। इतनी इंटेंसिटी कि उसके जीवन में प्रेम के सिवा कुछ नहीं है, पर अगले ही दिन बिना बताए कहीं ग़ायब हो जाती हफ़्तों के लिए और फ़ोन भी नहीं उठाती। कुछ पूछने का सवाल ही कहाँ उठता था? जीती तो वह अपनी शर्तों पर थी। फिर एक बार उसने कहा था कि कुछ दिनों के लिए कोलकाता आ जाओ।

एक-दूसरे से मिल लेंगे, समझ लेंगे और साथ टाइम भी स्पेंड कर लेंगे और मैं कोलकाता गई थी, उसे नज़दीक से देखने-जानने का मन भी था। किसी-किसी में जाने कैसा ग़ज़ब का आकर्षण होता है कि आप चाहकर भी उससे परे नहीं जा पाते।'

'यस। यू आर राईट। आई हैड द सेम फ़ीलिंग...'

'नोरा वहां स्पोर्ट्स ट्रेनर थी, स्केटिंग वगैरह सिखाती थी बच्चों को। बहुत फ़ोकस्ड और हार्डवर्किंग। उसका करियर हो या स्कूल के बच्चे या उसकी चीज़ें, वह अपना आप पूरा देती थी। जब मैं उसके साथ थी, उस वक़्त भी उसने अपने काम से ब्रेक नहीं लिया था। बच्चों की कोई ट्रेनिंग चल रही थी और वह बहुत व्यस्त थी। उसमें एक एटीट्यूड था, वह ख़ुद को सबसे पहले रखना पसंद करती थी। अपनी पसंद-नापसंद, अपने शौक़, अपने 'मैं' को अहमियत देती थी। यह जो ख़ुद्दारी उसमें कूट-कूटकर भरी थी, मुझे बहुत अच्छी लगी थी।'

'हां, वह दूसरे को आम और ख़ुद को ख़ास बनाए रखती थी।'

'और दूसरे को जहाँ ले जाकर छोड़ती थी, वापस आने में काफ़ी वक़्त लग जाता था। पर वह ख़ुद बहुत जल्दी वापस आ जाती थी।'

'एक बार आपका ज़िक्र आया था हमारे बीच। उसने बताया कि वह आपसे बहुत प्यार करती है।' मालू ने कहा।

'यह कमबख़्त हर बार प्रेज़ेंट टेन्स में क्यों बोलती है?' काया ने थोड़ा खीझकर जवाब दिया।

'प्यार तो अभी और यहीं है। हम तो यों ही इसे स्टोर करना चाहते हैं। वह तो यह भी बोलती थी कि प्रेम हम इसलिए नहीं करते कि किसी दूसरे की ज़रूरत है हमें। प्रेम हम इसलिए करते हैं कि हमें हमारी बहुत ज़रूरत है। जब हम प्रेम करते हैं, अपने पास वापस आ जाते हैं।' मालू ने ख़ुलूस भरी आवाज़ में कहा। काया दिल हार बैठी। वह कितना कुछ चाहती थी कहना, पर लफ़्ज़ गले में फंसते-से लगे।

थोड़ी देर दोनों के बीच ख़ामोशी रही।

'आपको जितना टाइम लेना हो, ले लो, सोचने के लिए। मैं जीवन भर आपके साथ रहना चाहूंगी।' मालू की बहुत साफ़ और दृढ़ आवाज़ सुनाई दी।

'बहुत जल्दी नहीं कह दिया?' काया सकते में बैठी रह गई।

'मैं ऐसी ही हूं। मैं ज़्यादा नहीं सोच पाती।'

'अभी तो मैं अपने मम्मी-पापा के साथ रह रही हूं। जब तक एग्ज़ाम क्लियर नहीं कर लेती, जॉब नहीं मिल जाती, तब तक अपने लिए कोई फ़ैसला नहीं ले पाऊंगी। मुझे वक़्त चाहिए, कुछ बन जाऊं, फिर मम्मी से बात करूंगी क्योंकि यह तो तय है कि किसी लड़के से शादी करूंगी, तो घुट-घुटकर जिऊंगी, जैसे नोरा जी रही है।'

'मैं तो कभी शादी करूंगी नहीं और न कोई मुझे मजबूर करनेवाला है।'

काया का जी किया, वजह पूछे। फिर झिझक गई। देर-सवेर हर सवाल का जवाब मिल ही जाता है। यह भी मिल जाएगा।

'कल मेरी मम्मी से बहुत लड़ाई हुई। मम्मी रोज़ नया लड़का ले आती हैं। मैंने कहा, 'मम्मी, एक बात समझ लो, मुझे शादी करनी ही नहीं है जीवन में। शादी किसी सुख का नाम नहीं है। क्या आप सुखी हो?' कमाल की बात है कि हर मम्मी ख़ुद को सुखी समझती है क्योंकि उसका एक झगड़ालू पति और जान खानेवाले दो बच्चे होते हैं। मम्मी ने गुस्से में खाना भी नहीं खाया। दरवाज़ा बंद कर सो गई। सुबह मैंने जाकर हग किया। समझाया कि पहले मुझे अपना करियर बनाना है, नहीं तो तुम्हारी तरह हमेशा पति के सामने हाथ फैलाते रहना पड़ेगा, तब जाकर वह नॉर्मल हुई।'

'हम कैसे मिलेंगे?'

'लेट मी थिंक। कुछ करना पड़ेगा।' फ़ोन रखते ही मालू का मैसेज आ गया था।

'जितनी भी बातें अभी हमने अभी कीं, मुझे कहने दो कि कहीं-न-कहीं मैं तुम्हें नोरा से कम्पेयर कर रही थी। प्लीज़ अदरवाइज़ मत लेना। मैं अपनी फ़ीलिंग्स तुमसे छिपाना नहीं चाहती। मैं स्वीकार करती हूं, उसने अब भी मेरे भीतर बहुत जगह घेरी हुई है। उसके और मेरे बीच गहरी फ़्रेंडशिप रही है। अब हम एक-दूसरे से बात नहीं करते, पर मैं जानती हूं, वह मेरे लिए है और मैं उसके लिए हूं। हो सकता है, उसे कम्प्लीटली भुलाने में कुछ ज़्यादा वक़्त लूं और प्लीज़, मुझसे कभी उसके बारे में मत पूछना या उसके प्रति मेरी फ़ीलिंग्स के बारे में। वह और

मैं हमेशा दोस्त रहेंगे और मैं कभी उस जैसी इंसान को खोना नहीं चाहूंगी। उसी ने मुझे जीना सिखाया और आज जब कोई मुझे अप्रीशिएट करता है, तो इसका क्रेडिट मैं उसे ही देती हूं।'

जवाब में काया ने एक स्माइली भेज दी थी। थोड़ी देर बाद फिर एक मैसेज, काया के फ़ोटोग्राफ़ के साथ, 'Talking to you is good but seeing you is even better. You have a beautiful smile and your eyes say everything. I don't want to take away the smile from your face. So, I say, I love you too. Don't take this statement as something casual because it is not... neither it is something forced. I want to say it and so I said. I smile these days like I have not smiled for so many days.

और उस रात की झोली में हर लम्हे के मैसेजेज़ गिरते रहे। काया पढ़ती रही। जीती रही। पीती रही।

'Thank you for sharing part of your heart with me. I am lucky to have you. I want to spend every moment looking at you. You have stolen my heart and my mind and filled me with desire to want you even more. I love you Khargosh.'

पहली मुलाक़ात

अगले दिन काया ने कोलकाता जाने वाले हर रूट को ध्यान से देखा था कि उसके पास कैसे जाऊं? कितनी ही बुरी तरह जाए, दस हज़ार तो चाहिए ही। अगले महीने ही दिल्ली जाना है एक एग्ज़ाम देने तो पापा से बीस हज़ार लेने ही पड़ जाएंगे और अब क्या कहेगी?

वह आने वाले कई दिन इसी चिंता में डूबी थी कि कुदरत ने मिलने का एक मौका दे ही दिया। गाँव में चाचा के बेटे की शादी तय हो गई है। मम्मी पापा को ही नहीं, पूरी फ़ैमिली को जाना है। वह नहीं जाएगी, उसने सोच लिया। गाँव में तो शादी का प्रेशर और बढ़ जाता है। लोगों से न अपने घर में जवान लड़की देखी जाती है, न दूसरों के घर में। पैरेंट्स भी अपनी जवान लड़की को लेकर इतने शर्मिंदा और दबे-दबे-से हो जाते हैं कि उन्होंने जो पाप किया है, उसका प्रायश्चित भी नहीं हो सकता। मम्मी-पापा ने बहुत बहस की कि घर की शादी है पर वह आख़िर तक एक ही बात पर डटी रही कि उसका एक पेपर है और वह नहीं जा सकती और भाई तो आपके साथ जा ही रहा है।

वे एक हफ़्ते के लिए जा रहे हैं, वह घर में अकेली रहेगी यानी इस बीच मालू से मिला जा सकता है। क्या मालू आ सकेगी? उससे बात करके देखेगी।

और यही हुआ। वे कल गाँव चले गए और आज मालू आ रही है...

'जस्ट लैंडेड...' तभी मोबाइल पर मैसेज चमका और वह जैसे बहुत दूर से वापस आई।

'वेटिंग आउटसाइड...' उसने लिखा और बेचैनी से इधर-उधर टहलने लगी।

लोग अपनी-अपनी ट्रॉलियां संभाले निकलने लगे हैं। वह ध्यान से गेट की तरफ़ देख रही है। पहली बार उससे मिल रही है। पता नहीं क्या होगा? इस क्षण के बाद

या तो वे एक-दूसरे को पा लेंगे या खो देंगे। दोनों की तैयारी है पर जब आप एक बार घर से निकल जाते हो, वापस कब आओगे, नहीं जानते।

लगभग सारे लोग निकल आए... उस जैसी कोई लड़की नहीं निकली अभी तक। इतना छोटा-सा तो एयरपोर्ट है। वह बेचैनी में थोड़ा दूर हटकर खड़ी हो गई और उसे मैसेज करने लगी... मैसेज करने के बाद उसने इधर-उधर देखना शुरू किया और वह यह नहीं देख पाई कि जो मोबाइल हाथ में लेते ही उसकी बग़ल में आ खड़ी हुई थी... वह कौन है?

'अब पहचान लो। कई मिनट हो गए...' मालू ने धीरे से कहा। और देखते ही वह जैसे सनाका खा गई। उसने अपनी हथेली अपने सिर पर दे मारी। मैं भी कितनी पागल हूं। तुम्हीं में हूं और तुम्हीं को नहीं देख पा रही...'

'हाय... आय एम सॉरी... अभी आपको पता चलेगा आप किस पागल के पास आई हैं।' काया ने अपने बेतहाशा धड़कते दिल को संभाला और उसे देखती रही...

जींस पर उसने फ़्लावर प्रिंट का टॉप पहना है। उससे काफ़ी अलग लगी, जैसी वह अपनी मोबाइल पिक्स पर दिखती है। एक छरहरी-सांवली कॉन्फ़िडेंट लड़की। काया का दिमाग़ शून्य हो चुका है, उसने उसके हाथ से उसका बैग लेने की कोशिश की तो उसने वह हाथ परे करते हुए दूसरा हाथ उसकी बांह में डाल दिया... और आँखें उचकाईं... चलें?

'यह तो बाद में पता चलेगा कौन कितना पागल है?' वह मुस्करा रही है।

तय हुआ था कि पहली मुलाक़ात में वे एक-दूसरे को हग नहीं करेंगी पर छुअन से देह के तार इस क़दर झनझनाए जा रहे हैं कि अपने ही कानों को उसकी आवाज़ सुनाई दे रही है... रुको... रुको... कनपटियों तक दौड़ते ब्लड को उसने भावनात्मक सहारा दिया...

दोनों पार्किंग में आए।

'हमें बाइक से सब्र करना पड़ेगा। कार मेरे पैरेंट्स गाँव लेकर चले गए।' काया ने किक मारते हुए कहा। वह मालू के लिए एक एक्स्ट्रा हैलमेट भी ख़रीद लाई थी।

'नो प्रॉब्लम...'

बाइक जब बाहर रोड तक आई, मालू ने आहिस्ता से अपनी दोनों बाहें उसकी कमर में डाल दीं।

'ऐक्सिडेंट हो जाए, तो मैं ज़िम्मेदार नहीं हूं।' काया सिहर गई।

'ऐक्सिडेंट तो हो चुका डियर... और किसी को तो ज़िम्मेदारी लेनी पड़ेगी।' मालू ने उसके कान में कहा।

उस लम्हे मालू की आवाज़ एक पैग की तरह उसने भीतर उतरती महसूस की... तीखी... तिक्त... जानलेवा... पेट में एक करंट छोड़ती-सी... और उस नशे में बाइक दौड़ती रही...

आगे बस घर तक की एक लम्बी ड्राइव है। दोनों तरफ़ बिछे पेड़ों के बीच लगे लैम्पपोस्ट। नीम रौशनी में डूबी सीधी-साफ़ काली सड़क पर गिरती बाइक की रौशनी... जिस पर उड़ती वे दोनों... उनके आगे-आगे चाँद चल रहा था। अँधेरे कोनों को उजलाता पूरा चाँद। दीवाली गए काफ़ी दिन हो गए। पूर्णिमा आ गई है। उसे किसी सूखे पेड़ की सबसे ऊँची टहनी पर चाँद टिकाना अच्छा लगता है। जिस पर एक भी हरी पत्ती नहीं, उसी पर चाँद टिका है। जीवन कभी-कभी मांगे से ज़्यादा दे देता है। हम उसके सामने भिखारियों की तरह कटोरा थामे खड़े होते हैं और वह दुनिया के तमाम व्यंजन परोस देता है। बुफ़े... छको... पियो... जियो।

'डिनर के लिए कहीं चलें?' काया ने पूछा।

'सीधा घर चलते हैं। वहीं मंगवा लेंगे। कहीं जाने का मतलब है दो घंटे और।'

'श्योर?'

'याह...'

ज़ोमैटो ने जब तक खाना पहुंचाया, मालू ने शावर ले लिया था और काया टीवी सेट करने में लगी थी।

'व्हाट इज़ दिस?' खाने का पैकेट खुलते ही एक तेज़ गंध कमरे में पसर गई।

'पनीर अंगारा... यू डिंट टेल मी योर चॉइस सो आय ऑर्डर्ड एज़ पर माय चॉइस...' काया ने उसकी प्लेट में पनीर डालते हुए कहा। वह चुप रही थी और नाक

सुड़कते हुए उसने जैसे-तैसे खाना ख़त्म किया था। बाद में काया को पता चला कि उसे तीखा पसंद नही, वह रोटी भी बहुत कम खाती है। सिर्फ थोड़े से राइस बस, और काया ने राइस तो मंगवाया ही नहीं था। क्या किया जा सकता है इस विडंबना पर हंसने के सिवाय?

अनकंडीशनल लव

'सूरज की पहली किरण-सा उसका चेहरा जगमगा रहा है... हल्की-हल्की सांस लेते उसके नथुने... उसकी प्रेम और नींद से बोझिल आँखें... पिछली रात के मुक़ाबले वह और ख़ूबसूरत और प्यारी लग रही हैं। उसकी आँखें बंद हैं। उसके छोटे बालों ने उसका बायां कान ढँक लिया है। बालों का एक गुच्छा उसके माथे पर आराम कर रहा है। उसके होंठ हल्के गीले और गुलाबी हैं। उसकी छोटी-छोटी साँसें मुझमें गर्माहट भर रही हैं। मैं उसकी बग़ल में लेटी हूं, उसे अपने में लिए हुए। उसका सिर मेरी बांह पर है। मैंने उसके बाल चूम लिए और उसकी साँसों की आवाज़ सुनती रही। उसने अपनी भारी पलकें खोल कर मुझे देखा और एक गर्म मुस्कान उसके चेहरे पर आ गई। एक ऐसी मुस्कान, जिस पर मैं अपना बचा हुआ जीवन कुर्बान कर सकती हूं। वह मेरी आँखों में देखती रही... एक गर्म और कोमल नज़र। मैंने उसके माथे को चूमा और कहा...

'गुड मॉर्निंग ख़रगोश।'

वह धीरे से मेरे और नज़दीक सिमट आई और मैंने अपने कानों में उसकी आवाज़ उतरती महसूस की... 'गुडमॉर्निंग' और वह आवाज़ एक 'किस' में बदल गई। मेरे पेट में एक अजीब-सी 'टिंकलिंग' होने लगी और तब मैंने महसूस किया कि मैं संसार की सबसे सुखी लड़की हूं। प्यार देने और प्यार पाने का अद्भुत एहसास असीमित कर गया। मैंने अभी-अभी जाना, प्रेम का उदात्त पल तुम्हें भी उदात्त बना देता है।

सूरज की रौशनी खिड़की के झीने परदे को पार करती हमारे बिस्तर तक पहुँच रही है। हम लेटे रहे, एक-दूसरे को मोहब्बत से सहलाते। अभी सात ही बजे हैं। थोड़ी देर और सोना चाहिए। इस लम्हे को अपने भीतर उतरने देना चाहिए, जैसे यह हमारी पहली सुबह हो... हमारे साथ की पहली सुबह। उसने आहिस्ता से अपनी बांह मेरी कमर के गिर्द लपेटी, तो उस स्पर्श ने मेरे रोंगटे खड़े कर दिए।

वह किसी बतख या ख़रगोश को छूने जैसा एहसास था। नर्म, गर्म और उत्तेजक। उसकी महक मुझे लगभग बेहोश कर रही थी और मैं बहुत देर तक उसे अपने भीतर भरती रही... किसी फ्रूट-सी मीठी यह महक, जैसे पिंकिश, यलो, राइप, जूसी आड़ू... यह महक मुझे और-और उत्तेजित कर रही है। मैंने एक हाथ से उसकी पीठ सहलानी शुरू की। मैं उसे पूरा महसूस करना चाहती थी। हर पल उसे जी लेना चाहती थी। मैं उस डर से आँख नहीं मिलाना चाहती, जो ऐसे मौकों पर अक्सर मुझे आ दबोचता है कि यह सब क्षणभंगुर है। जानती हूं यह जीवन के आख़िरी दिन तक नहीं चलने वाला, तो इससे क्या?

उसकी सांस मेरी गर्दन पर फड़फड़ा रही है... उसने मेरी टेन्स बॉडी अपनी बाहों में महसूस की और मुझे अपने भीतर ले लिया। मैंने धीरे-से उसके होठों को अपने होठों में लिया और वह आबे-हयात छककर पीती रही। नशे का एक तवील वक्फ़ा दबे पाँव गुज़र गया। मैं रात भर नहीं सोई थी, अब भी नींद मुझसे कोसों दूर है। मैं हर क्षण उसे प्यार करते हुए, उसे देखते हुए, उसे छूते हुए, उसे जीते हुए बिता देना चाहती हूं। मैं यह पल गंवाना नहीं चाहती। मैंने उस पर चुम्बनों की बौछार कर दी। वह मेरे भीतर की गरमाई में है। वक़्त को यहाँ रुक जाना चाहिए। उस छोटे-से वक्फ़े में मैं उसे पूरा पाना चाहती हूं। उसका रिस्पॉन्स हमें आगे बढ़ा रहा है।

Her kiss is not at all the same as those movie stars, but one steeped in a passion that ignites. It is the promise of realness, of the primal desire that lives in us all. And with it she tells me that she is awake, connected within, that she embraces herself rather than hide as a copy of those romantic idols.

आठ बज रहे हैं। हम दोनों एक-दूसरे को उठाने की कोशिशों में हंस रहे हैं। यह दिन का सबसे मुश्किल काम है, जिससे दिन शुरू हो रहा है। अब हम पूरी तरह जाग गए हैं, एक-दूसरे को सुनते-समझते और एक-दूसरे के प्रेम में डूबे हुए। अपने पागलपन की इंतहा से अभी मैं उसे वाकिफ़ नहीं कराना चाहती। उसका हर शब्द मुझमें गूँज रहा है। अपना हर अच्छा और ख़ौफ़नाक लम्हा उसने मुझे शेयर किया है, जिसने मुझे अंदर तक मेल्ट कर दिया है।

मुझे कल की रात याद आई और ख़ामोश आंसू मेरी आँखों में भर आए। That night was full of love and belongingness. I wished the night never ended.

जब इसका पहला मैसेज मुझे मिला था, बारह नवंबर की एक सुबह थी, उसने मुझे मॉर्निंग विश किया था और नोरा का ज़िक्र करते हुए हिन्दी पढ़ाने की बात की थी और मैंने ध्यान तक नहीं दिया था। फ़ाइनली मैंने शाम को उसे जवाब दिया और इस ख़ूबसूरत जर्नी की शुरुआत हो गई। वह एक्साइटमेंट और नर्वसनेस का मिला-जुला एहसास था, जिसकी चपेट में हम दोनों थे। दिमाग़ इसी में उलझा था कि आख़िर बातचीत कैसे शुरू की जाए, क्या कहूं? क्या पूछूं? And I didn't realise that I actually spoke for more than two hours. In the next 24 hrs she was mine and I was hers.

हमने कमरे को होम थिएटर बना डाला था और जो पहली मूवी हमने साथ देखी, वह थी 'शिद्दत'। मेरी यह ऑल टाइम फेवरिट मूवी रही है पर वह पहली बार देख रही है। हम आराम से बिस्तर पर लेटे हुए मूवी देख रहे थे, शायद पहला आधा घंटा आय गेस, फिर हमने गेयर बदले। अब हमारा ध्यान एक-दूसरे पर है। मेरे हाथ आहिस्ता-आहिस्ता उसकी टी-शर्ट के भीतर फिसलने लगे, उसे महसूस करते हुए, उसे चूमते हुए... पहले वह झिझकी फिर उसने उस बहाव में ख़ुद को मेरे साथ छोड़ दिया। मैं उसकी बाहों में अपना ख़्वाब जी रही थी। हमने एक-दूसरे को सख़्ती से, कोमलता से थाम रखा है। एक-दूसरे से लिपटे हम बड़ी मुश्किल से ज़रा-ज़रा सी मूवी देख पा रहे हैं। फ़ाइनली मूवी ख़त्म हो गई। मैं ब्लैंकेट में घुस गई और उसे ख़ुद में समाने दिया। जाने कितनी देर हम एक-दूसरे को चूमते रहे, एक-दूसरे की बांहों में बंधे।

मैंने उसे सम्पूर्णतया अपने अनकंडीशनल प्रेम से भिगो दिया और मैं ख़ुद सातवें आसमान पर थी, जब उसने मुझे वही प्रेम लौटाया। हम पसीने-पसीने हुए हांफ रहे थे पर कोई क्षण अपने हाथ से जाने नहीं देना चाहते थे। मैं नहीं जानती, उसके भीतर क्या चल रहा है? कभी पूछूंगी। अभी मैं इस पल के नशे में हूं और चाहती हूं यह एक पल मेरे जीवन से बड़ा हो जाए।

मैं कभी नहीं जान पाऊंगी, ज़िंदगी मुझे किस ईर्ष्या से देख रही होगी, जब मैं उसे देख रही हूं। मैं बस उसके साथ होना चाहती हूं, उससे बात करना, उसे महसूस करना, उसे होल्ड करना, उसके साथ खाना, हँसना, उसके साथ रोना, उसके साथ खेलना, चलना, डांस करना और उसके साथ एक हो जाना। सोचती हूं, आख़िर कैसे वह मेरी सब कुछ हो गई?

मैं भी उसकी सब कुछ होना चाहती हूं। हम एक साथ हैं... I love her truly, madly, deeply and anxiously await her response. What does all this mean to her? What do I mean to her? I still haven't got a clue.'

आधी इंग्लिश, आधी हिन्दी में लिखा यह मेल काया को तब मिला, जब मालू वापसी में कोलकाता एयरपोर्ट पर उतर चुकी थी। यानी उसने यह मेल फ़्लाइट में बैठकर लिखा था। बस फिर इसके बाद न उसने फ़ोन उठाया, न मिलाया। कुछ तो काया समझ रही थी और कुछ समझने की कोशिश कर रही थी। जिस शिद्दत से उन्होंने मिला हुआ वक़्त जिया था, वहां से वापसी इतनी भी आसान नहीं थी।

वापसी के चौथे दिन उसका एक मैसेज आया था...

'कितना वक़्त लगेगा तुमको मुझ तक पहुँचने में?'

'दो साल... दो साल लगेंगे मुझे अपने पैरों पर खड़े होने में। इसके बाद मैं मम्मी से बात करूंगी, उन्हें समझाने की कोशिश करूंगी। तब तक...' काया का जवाब।

'दो साल और। तब तक यह रिश्ता रहेगा भी?' उधर से एक सैड स्माइली।

'इतनी निराश क्यों?'

'बहुत डर लग रहा है... बहुत।'

फिर उसका फ़ोन बंद हो गया। एक हफ़्ता होने को है। उससे बात नहीं हो रही है। काया के अपने एग्ज़ाम्स सिर पर हैं। एक पेपर के लिए उसे दिल्ली जाना है। ज़िंदगी भी अजीब है। जब भी वह एक तरफ़ चलना चाहती है, कोई उसे दूसरी तरफ़ खींच लेता है।

आख़िर उसने मालू की साथी टीचर को कॉल किया... जिससे उसका गुज़िश्ता बारह सालों से दोस्ताना है, जो उसके हर भेद जानती है। एक कांफ्रेंस कॉल के दौरान उसका नंबर काया की मोबाइल में आ गया था...

'हाय, मालू मेरा फ़ोन नहीं उठा रही। आप बता सकती हैं, वह कैसी है?'

'तुम काया हो न? वह जब से रायपुर से आई है, रो-रो कर उसका बुरा हाल है। कहती है, इतना सुख मैंने कभी नहीं देखा, इतना सुकून, इतनी शांति... पर मुझे क्यों लगता है, यह सब मेरा नहीं है। मुझसे आज न कल छिन जाएगा।'

'आप उसे समझाती नहीं हैं? छिनेगा क्यों?' काया ने भरे गले से कहा।

'किसके समझाने से कौन समझता है? उसकी लाइफ़ में वैसे ही कुछ नहीं है। दिन भर स्कूल में रहना और देर रात तक कलीग्स की बेगारी करना। सबको लगता है, ये तो सिंगल है, इसे क्या काम हो सकता है? वह भी करती है, जब तक थक कर बिस्तर पर गिर नहीं जाती।'

काया को लगा वह बहुत ज़ोर से रो पड़ेगी, तो उसने आहिस्ता रिसीवर नीचे रख दिया।

शहर की हवा

ये अजीब-से आवारा दिन हैं। इन दिनों को पता ही नहीं कि क्या करना है? अपने भीतर पतंगें लिए हुए सुबह घर से निकलते हैं... भीतर-बाहर की न जाने कितनी अनजान गलियों में भटकते रहते हैं भूखे-प्यासे और शाम को धूल-धूसरित थककर अपने बिस्तर पर आकर गिर जाते हैं। यों ऐसा भी नहीं कि इन दिनों को किसी ने कोई काम न सौंपा हो। हज़ारों काम हैं, जो गठरी में पीठ पीछे बंधे हैं। सच तो यह है कि यह गठरी बरसों से खोली ही नहीं गई। देने वाला इतनी बार मुतालबा करता है कि देखने की ज़रूरत ही नहीं पड़ती।

बहुत वक़्त साथ रहो तो दुःख से भी दोस्ती हो जाती है। वह आपका पीछा नहीं छोड़ना चाहता। जहाँ भी जाते हो, वह पहले से ही मौजूद रहता है पर जब आप उसे स्वीकार कर लेते हो, वह शोर नहीं मचाता। वफ़ादार कुत्ते-सा आपकी कुर्सी के नीचे अपनी टांगों पर मुंह धरे बैठा रहता है। जो ज़िंदगी में हुआ है और जो हो रहा है, वह एक तरह का अज़ाब ही है, अजीब मलामत। उस पर तब्सिरा न वह सुनना चाहती है, न करना। गाँव से बार-बार मम्मी का फ़ोन आता कि सब कुछ ठीक तो है? हां, उसे छोड़कर सब ठीक है। जब तक मम्मी-पापा गाँव से वापस आए, न जाने कितना पानी उसके सिर से गुज़र चुका था।

•••

वह नोएडा में है, दिव्या के साथ। दिव्या ही उसे मेट्रो स्टेशन पर लेने आई थी। छोटे शहर वालों को बड़े शहरों की भीड़ से एक अजीब-सा डर भी लगता है, शायद अपना आप खोने का डर या पता नहीं... जब उसने यही बात दिव्या से कही, तो दिव्या हंस पड़ी... 'पहले-पहल मुझे भी लगता था, अपना आप बहुत संभालना पड़ता था, फिर रफ़्ता-रफ़्ता कुछ दोस्त मिल जाते हैं। शहर तुम्हें, तुम शहर को पहचानने लगते हो, रच-बस जाते हो, यहीं के हो जाते हो। अब तो कहीं और जाने के नाम से ही डर लगता है। तेरा पेपर कब है?' दिव्या ने पूछा।

'चार दिन बाद...'

'हां तो हम तीन दिन ऐश करेंगे...'

उसे सिर्फ एक पेपर देना है और वह एक हफ़्ते के लिए आई है। कितने तो बहाने बनाने पड़े उसे मम्मी के सामने, कितना झूठ बोलना पड़ा। वो तो कहो, पापा डायरेक्ट नहीं आते सामने, नहीं तो उनके सामने झूठ बोलना भी मुश्किल हो जाए।

ऑटो वाले ने सोसायटी के गेट पर छोड़ा था, अंदर कई टावर हैं। बड़े-बड़े शानदार फ़्लैट्स... गार्डन्स... झूले... जिम... स्वीमिंग पूल... क्लब... सब। दिव्या का फ़्लैट काफ़ी अंदर है। वे सामान अपने कंधों पर लिए चल पड़ी हैं। सामान भी क्या है? एक अदद डफ़लबैग। काया के पैर ज़मीन पर नहीं पड़ रहे। वह एक अजब क़िस्म की आज़ादी महसूस कर रही है। शायद बहुत दिनों बाद निकली है इसलिए।

'तुझमें बड़ा फ़र्क आ गया है।' चलते हुए काया ने दिव्या की चाल देखते हुए कहा।

'अभी तो आई है। कहाँ से फ़र्क दिख गया यार...'

'तेरी बॉडी लैंग्वेज में... तेरी चाल में... जिस कॉन्फ़िडेंस से तू बोलती है? जिस कॉन्फ़िडेंस से अभी तू ऑटो वालों की मां-बहन कर रही थी।'

दिव्या ज़ोर से हंस पड़ती है...

'शहर हमें भीतर से बदल देता है डियर, सब सिखा देता है। तुम जैसे माहौल में रहते हो, वैसे ही बन जाते हो। मैं न बदलती, तो ये सब मिलकर मुझे खा जाते। हमें जैसा फ़ैमिली बनाती है या जैसा हम बन जाते हैं, सच में किसी काम के नहीं होते। वह चेहरा अपना नोचकर फेंकना पड़ता है। नया लगाना पड़ता है। मैं जब मुंबई में थी, बहुत तकलीफ़ें उठानी पड़ीं। यहाँ आते ही मैंने सोच लिया था, जैसा ये शहर है, वैसा ही बन जाना है।' दिव्या ने मुस्कराते हुए कहा...

'अच्छा सुन, हमारा थ्री बी.एच.के. का फ़्लैट है जिसमें हम छः लड़कियां रहती हैं। मैंने बताया था न मेरी रूम पार्टनर अपने गाँव गई है तो इस वक़्त वो दर्द नहीं है। दूसरे रूम की लड़कियां आती हैं टोह लेने। किसी को भाव मत देना। किसी से बात मत करना, नहीं तो फंसेगी बेटा। समझ ले, तू और मैं अकेले हैं। समझ गई?'

काया ने मुस्कराकर सिर हिलाया।

'यह बर्बाद यंगस्टर्स का आशियाना है जानेमन। इन फ़्लैट्स में लगभग सारे आईटी सेक्टर वाले लड़के-लड़कियां हैं। इनके बस तीन ही काम हैं... नशा करना, सेक्स करना और काम करना। इनके काम के घंटे ज़्यादा हैं, काम का प्रेशर भी ज़्यादा है और ये बड़ी-बड़ी कंपनियां पैसा देती हैं, तो वसूल भी करती हैं। इस प्रेशर से रिलीफ़ लेना ये सीख गए हैं। अब ये परम आनंद में हैं। परमानंद में... समझी क्या?'

काया ने इंकार में सिर हिलाया।

'समझ जाएगी.... समझ जाएगी। आई है, तो समझा कर ही भेजेंगे। कहानी तो अब शुरू होगी डियर। तू भी देख, किस जन्नत में हम रह रहे हैं? क्या पता कभी तू भी आना चाहे?'

'सोचती हूं, जॉब सर्च करना शुरू कर दूं। ज़्यादा वक़्त घर पर नहीं रहना चाहिए। घरवाले भी फ़ालतू समझते हैं।' काया ने फ़ीकी मुस्कान से कहा।

'बिलकुल शुरू कर। अपनी मनी की बात ही कुछ और है? जिस दिन हम कमाने लगते हैं, घरवालों का मुंह बंद हो जाता है... अच्छा बता, हम कितने साल बाद मिल रहे हैं?'

'चार साल हो गए...' काया ने याद करते हुए कहा।

'कितनी लड़कियों से प्रेम हुआ?'

'रात को बात करेंगे न... नशे में सब कुछ बताना आसान होता है। नशे में हमारी आत्मा हमें डराती नहीं... नशे में जिस्म और आत्मा अलग-अलग नहीं रहते, एक हो जाते हैं। नशे में हमें किसी से डर नहीं लगता। न ख़ुद से, न सामने वाले की सोच से।'

'चल फिर आज बियर तेरी तरफ़ से, खाना मेरी तरफ़ से।'

'डन। कितनी पिएगी?' काया ने मुस्कराते हुए पूछा।

'दस ले आते हैं। पांच-पांच पियेंगे। सुबह तक जागेंगे। रात को तीन बजे स्वीमिंग पुल के पास बैठकर गप्पें करेंगे। तू अपनी गलफ्रेंड्स की बातें सुनाना, मैं अपने ब्वॉयफ्रेंड्स की।'

'ब्वॉयफ्रेंड्स? वाह दिव्या! तूने तो बड़ी तरक्की कर ली...' काया हंस पड़ी।

'मैं पलाश को धमकी देती रहती हूं, तू नहीं आया, तो मैं किसी और के साथ सेक्स कर लूंगी।'

'तू अभी तक पलाश के साथ है? एक नंबर का कमीना है वह, तुझे कोई और नहीं मिला?'

'अबे छड न, सब ऐसे ही मिलते हैं... बंटे-बंटे... टुकड़ों में... कोई पूरा और साबुत नहीं मिलता और यहाँ सबके बग़ैर काम चल जाएगा, ब्वॉयफ्रेंड के बिना नहीं।'

नशा और सेक्स

शाम का वक़्त है और उन्होंने कमरे की बालकनी में डेरा जमा लिया है। ठंड तो है पर इतनी नहीं कि बैठा न जा सके। वैसे भी जब बियर पेट में जाती है तो सब कुछ बिसर जाता है। म्यूज़िक चल रहा है। खाना बस आने ही वाला है और उनकी पहली बॉटल भी खुलने वाली है...

'सुन, अभी आएगी कोई न कोई सूंघती... मुफ़्त की बियर पीने। बिलकुल ऑफ़र मत करना... अंडरस्टैंड?' दिव्या के एक बार और वॉर्निंग दी।

और सचमुच थोड़ी देर में एक लड़की बियर की महक सूंघती चली आई...

'अरे, तुम लोग पार्टी कर रहे हो?' उसने अतिरिक्त उत्सुकता से कहा।

'नहीं, पार्टी तो नहीं कर रहे बस काया आई है। हम सालों बाद मिले हैं। ऐसे ही खाएंगे-पियेंगे और बातें करेंगे।' दिव्या ने ठंडे स्वर में कहा।

'ओके, पार्टी का प्रोग्राम होगा, तो हमें भी बुला लेना, हम भी ज्वाइन करेंगे।'

दिव्या ने उसे ऐसे देखा, जैसे कह रही हो, तुम क्यों? काया ने इशारे से पूछा, कि चल क्या रहा है? तू बस देखती जा, उसने भी इशारे से कहा।

फ़ाइनली खाना आ गया और दिव्या ने पेपर प्लेट्स में स्नैक्स निकालकर सामने रख लिए... बियर खुल गई...

थोड़ा वक़्त भी न बीता था कि वह लड़की फिर आ गई...

'अरे, तुम लोगों ने स्टार्ट भी कर लिया और बुलाया भी नहीं?' उसने शिकायती अंदाज़ में कहा।

'अरे नहीं। बस ऐसे ही बियर पी रहे थे...' दिव्या ने काया को आँख मारी।

'बियर पीना अपने आप में पार्टी है।' वह लड़की उनके सामने ही बैठ गई और बस बातें चल रही हैं। दिव्या ने उसे न बियर ऑफ़र की, न खाना। वह बातें भी कर रही है और ललचाई नज़रों से बियर और खाने को भी देखे जा रही है। दिव्या ने काया को स्ट्रिक्टली मना कर रखा था कि वह अपना मुंह बंद रखे और तमाशा देखती रहे।

दो घंटे हो चुके हैं... काया की तीसरी बियर चल रही है, दिव्या की दूसरी और बात करते-करते उस लड़की ने काया के हाथ से बियर ले ली और पीने लगी...

'ये क्या है? ये काया की है...' दिव्या ने उसके हाथ से बियर छीननी चाही।

'काया की है, तो क्या हुआ? दो घंटे से वह मेरी भी दोस्त है। क्यों काया?' और उसने खाना भी शुरू कर दिया। काया बिलकुल नहीं समझ पाई कि क्या करे? दिव्या उस पर झपटी, तो काया ने रोक दिया... जाने दे।

वह इतनी तेज़ी से खा-पी रही थी कि जो खाना-पीना दो घंटे से चल रहा था और अब भी बाक़ी था, उसने आधे घंटे में ख़त्म कर दिया... उसे नशा हो गया था। उसने मोबाइल पर एक इंग्लिश डांस चला दिया और काया का हाथ पकड़कर उसे खड़ा कर दिया...

'लेट्स डांस। आज तो काया आई है...' उसने नशे और ख़ुशी से भरी आवाज़ में कहा और डांस करने लगी...

'ऐ... तू जा यहाँ से... तेरा काम हो गया न...' दिव्या ने उसे भगाना चाहा।

'कहाँ हुआ है मेरा काम? आओ न प्यार करें...' उसने नशे में झूमते हुए कहा।

न काया को और न दिव्या को समझ आया कि क्या करें... लड़की लगातार डांस किए जा रही है और ज़ोर-ज़ोर से गा भी रही है। वे बस हौले-हौले थिरकने लगीं। म्यूज़िक और शोर की आवाज़ सुनकर एक लड़की और आ गई बाहर और अब सब मिलकर नाच रही हैं। भूल गईं कि किसे पिलाना था, किसे नहीं... किसे भगाना था, किसे बैठाना था? दिव्या ने कॉल करके और बियर मंगवा ली और यह धूम-धड़ाका देर रात तक चलता रहा।

जब सब अपने कमरों में जाकर ढह गईं, तो वे भी उठकर नीचे स्वीमिंग पूल तक चलीं आईं। ठंडी हवा के झोंके लग रहे हैं। हर तरफ़ शांति है। पानी भी शांत और ठंडा है। इतना शांत कि नीचे लगी नीली टाइल्स साफ़ दिखाई दे रही हैं।

'इतना शांत हमारा मन कभी नहीं होता।' काया ने एक लंबी चेयर पर लेटते हुए कहा।

'हमारा मन स्वीमिंग पूल नहीं है न, समंदर है। हर वक़्त तूफ़ान उठा रहता है। हर वक़्त कोई डूब रहा होता है। कुछ लोग खारा पानी पी-पीकर मर जाते हैं।' चेयर चौड़ी है। दिव्या भी उसकी बग़ल में लेट गई और उसके कंधे पर सिर रख लिया... उसकी साँसें बता रहीं थीं कि उसे कुछ और भी चाहिए।

'बड़ी बिंदास लड़की है भई। ज़बरदस्ती हमारे खेमे में घुसी और पांच बियर डकार गई।' काया ने बस बात करने के लिए बात की।

'उसे यहाँ की लड़कियों का नमूना समझ। इन्हें हर वक़्त नशा और सेक्स चाहिए। नशा किसी भी ब्रांड का और सेक्स? किसी का कोई भी दोस्त चलेगा। इस लड़की में इतनी भी शर्म नहीं है कि लिविंग रूम में सेक्स न करे। मुझे ऑफ़िस से आने में अक्सर देर हो जाती है और मैं यही तमाशा देखती हूं। जाने कितनी बार अलग-अलग लड़कों के साथ मैंने इसे लिविंग रूम में देखा है। यह कहीं भी सेक्स कर सकती है।'

'कॉलेज लाइफ़ में तो फिर भी कोई लिमिट रहती है, बच्चे घर में रहते हैं। पैसे मां-बाप से लेते हैं तो कमज़कम उनका प्रेशर भी रहता है। यहाँ तो लड़कियां हों या लड़के सब टोटली फ्री हैं। जॉब वाली लाइफ़ में पैसे की भी कोई दिक़्क़त नहीं है। जियो... जो मर्ज़ी... ये लाइफ़ भी बड़ी शानदार होती है यार।' काया ने ऊपर आसमान देखते हुए कहा। पता नहीं वह कब अपने घर से निकल पाएगी?

'यह अपने मम्मी-पापा की इकलौती लड़की है। पापा को हार्ट अटैक आया था। कुछ दिन उनके साथ रहकर वापस नोएडा भाग आई कि वर्क लोड ज़्यादा है। हालांकि कोविड की वजह से वर्क फ्रॉम होम चल रहा है। अब हम अपने घरों में नहीं रह सकते। मैं भी जाती हूं, तो जल्दी भाग आती हूं।' दिव्या नशे और प्रेम की इच्छा से निढाल है।

मेरी भी इच्छा होती है ऐसी लाइफ़ जीने की... काया ने सोचा... काश!

'तू ठीक कहती है, मैं बदल गई हूं। अब मैं भी ड्रिंक करने लगी हूं। मुझे भी एक पार्टनर की सख्त ज़रूरत महसूस होती है। मैं भी चाहती हूं पलाश मुझसे सेक्स करने यहाँ आए पर वो हरामी... जगह-जगह मुंह मारता फिरता है।'

'कभी सोचते नहीं हो, यह सब कब तक चला पाओगे और आगे क्या?'

'नहीं, आगे की नहीं सोचते। घरवाले चाहते थे हम कमाएं और हम कमा रहे हैं। दिन भर इतना काम करना पड़ता है, थोड़ा तो स्ट्रेस रिलीज़ करने के लिए हमें भी चाहिए। दिमाग को न्यूट्रल करने के लिए दो ही चीज़ें बचती हैं... नशा और सेक्स। फ़ीलिंग तो बचती ही नहीं, न अपने पार्टनर के लिए, न फ़ैमिली के लिए और न अपने लिए। हम एक अजीब से जाल में फंस चुके हैं काया, लगता ही नहीं है कि कभी निकल पाएंगे। लड़के-लड़कियों ने बेशर्मी की सारी हदें पार कर दी हैं। पार्टनर्स उनके लिए ऐसे हैं, जैसे फ़ास्ट फूड खाओ, पेट भरो, फेंको। इन्हें न कपड़ों की ज़रूरत है, न मन की, न आत्मा की। सिर्फ जिस्म की ज़रूरत है, बाक़ी सब मर गया है। ये पांच मिनट में कहीं भी सेक्स कर लेते हैं।'

काया ने कोई जवाब नहीं दिया। उसे बहुत शिद्दत से मालू याद आ रही है।

'तेरा क्या चल रहा है?'

काया ने मालू के बारे में बताया।

'तू सीरियस है?'

काया ने दृढ़ता से अपना सिर हिलाया।

'घरवाले? मार नहीं डालेंगे तुझे। हमारा तो फिर भी समझ में आता है। तेरा?'

'अपने लिए अपने घर से भागना पड़ेगा। घर में हम ख़ुद को नहीं ढूंढ सकते। वहां दूसरे हमें ढूंढ लेते हैं। हमारी परछाईं को, जिसे वे समझते हैं, हम हैं।'

काया बहुत ज़ोर से हंसी और हंसती चली गई। थोड़ी देर में दिव्या ने पाया कि वह आहिस्ता-आहिस्ता रो रही है। उसने उसे अपने सीने में दुबका लिया और हौले-हौले थपकने लगी।

धुआँ-धुआँ

'चल, फ़टाफ़ट तैयार हो जा। तुझे यहाँ की लाइफ़ का एक और नमूना दिखाती हूं।' अगले दिन दिव्या ने उसे जल्दी उठा दिया।

'क्या नमूना? सोने दे यार। अभी तो ग्यारह बजे हैं। पांच बजे तो सोए थे।'

'अबे घर जाकर सोना। आज की शाम और ज़बरदस्त होने वाली है। आज तो सैटरडे है। सैटरडे और संडे यहाँ जन्नत ज़मीं पर उतर आती है। पहले तो हर सैटरडे पार्टियों में जाते थे पर आजकल कोविड की वजह से मोस्टली लोग घर पर ही कर लेते हैं।'

आख़िर काया उठी और घंटे भर में दोनों तैयार हो गए।

दिव्या उसे एक और टावर के टेंथ फ़्लोर में ले गई... यहाँ के फ़्लैट्स ज़्यादा बड़े और ज़्यादा लग्जरियस हैं। ज़ाहिर है महंगे भी होंगे। दिव्या उसे पार्थ और पूजा से मिलवाने लाई है। दो साल से ये दिव्या के नए दोस्त हैं। उसे जॉब दिलवाने में इनका अहम रोल है। सॉफ़्टवेयर इंजीनियर हैं... चार-चार लाख पर मंथ सैलरी। शानदार फ़्लैट। हर तरह का आधुनिक फ़र्नीचर और सुविधाएं। दोनों अभी लिव इन रिलेशनशिप में रह रहे हैं। आगे शादी का प्लान है।

वे लगभग लंच के वक़्त पहुंचीं। दिव्या ने मैसेज कर दिया था। दोनों ने उनका वॉर्म वेलकम किया। उनकी आखों में नींद भरी थी। थोड़ी देर पहले ही उठे थे शायद। उन्हें लिविंग रूम में बैठाकर वे अंदर चले गए। काया ने दिव्या को घूरकर देखा...

'सबको क्यों डिस्टर्ब कर रही है?'

'कोई नहीं हो रहा डिस्टर्ब। हम मज़े में हैं...' अंदर के कमरे से पार्थ की आवाज़ आई। दिव्या ने आँखें उचका कर उसे देखा।

थोड़ी ही देर में फ़्लैट में एक अजीब बदबू फैल गई...

'ये किस चीज़ की गंध है?' काया ने हैरानी से पूछा।

'वीड की..' पार्थ ने अंदर आते हुए कहा।

उसके हाथ में बहुत सारी चीज़ें थीं, जो उसने टेबल पर रख दीं। बियर, वोडका, जॉनीवाकर, वीड की सिगरेट्स, लाइटर और न जाने क्या-क्या?

'बताओ, इन सबमें से क्या चलेगा?'

'अभी? सुबह-सुबह? और वीड तो मैंने कभी पी नहीं है।' काया ने हिचकते हुए कहा।

'यहाँ सुबह-शाम कुछ नहीं होता। सिर्फ चौबीस घंटे होते हैं। हमारी सुबह तो बियर से होती है। क्यों पूजा?'

तब तक पूजा भी आ गई, मुस्कराती हुई... उनींदी, रात के छोटे कपड़ों में... उसकी उँगलियों में सिगरेट दबी थी, जिसे वह लगातार फूंके जा रही थी।

'हम आते हैं न घूम-घामकर। हम बहुत सालों बाद मिले हैं तो थोड़ा...' काया को बहुत अजीब लग रहा था। यों किसी के घर, उनके प्राइवेट लम्हों में? और अभी वे तैयार तक नहीं हैं।

'अरे कहाँ जाओगे? क्या रखा है बाहर? जो है, यहीं है। शांति भी यहीं है, अशांति भी यहीं है, दुःख भी यहीं है, सुख भी यहीं है। ये दोस्ती-वोस्ती कुछ नहीं है डियर। मैंने बहुत बनते-बिगड़ते देखी है। आज अच्छा लग रहा है। कल लड़कर आ जाओगे, तो दुश्मन बन जाओगे एक-दूसरे के। आओ, बैठो। फूंकते हैं। फूंको और सब भूल जाओ।' पार्थ ने अपने लिए सिगरेट बनाते हुए कहा।

काया की समझ में नहीं आया कि क्या करे। दिव्या शांत बैठी थी। उसके लिए यह आम बात थी। पूजा सोफ़े की पुश्त से पीठ टिकाए, आँखें मूंदे सिगरेट फूंके जा रही थी। वह जैसे किसी और लोक में थी।

'प्लीज़ भैया... हम आते हैं न...' काया को बड़ा अजीब-सा लग रहा था। वह तो उस गंध से आक्रांत थी।

'अच्छा चलो, जाओ... थोड़ा घूम भी आओ और ये सामान भी ले आना। तुम लोग आओ, तो पार्टी करें। तब तक कुछ खाने-पीने का ऑर्डर करता हूं।' पार्थ भैया ने

सामान की लिस्ट उसे सेंड कर दी और रुपए भी दे दिए। काया ने देखा... एमडी... म्याऊ-म्याऊ, वीड और दूसरी चीज़ें।

'ये सब लेने तू जाएगी? तुझे पता है कहाँ मिलती हैं?' बाहर निकलकर काया ने दिव्या से पूछा।

'ज़्यादा दूर नहीं जाना पड़ेगा... बस गेट के पास।' दिव्या हंस पड़ी।

'तू... कब से?'

'मैंने वीड अभी शुरू नहीं की है पर यह सब बनाना मुझे आता है। चल अब आराम से आते हैं। तब तक इनका भी दिन शुरू हो जाएगा।'

'इनका दिन ऐसे ही शुरू होता है?'

'ऑलमोस्ट...'

'तो ये काम कैसे करते हैं?'

'हां, तो नशे में ही काम होता है डियर। नशा नहीं करेंगे, तो इतना काम भी नहीं कर पाएंगे। डूबने के लिए कोई डुबाने वाला चाहिए न... अब इनको छोड़। अपन पिज़्ज़ा खाकर फिर इनका सामान लेकर आते हैं। बहुत भूख लग रही है।'

दो घंटे बाद जब वे वापस आईं... वे दोनों उसी तरह सोफ़े पर पड़े थे। दिव्या उनके लिए एक बड़ा पिज़्ज़ा और दो बर्गर लाई थी और कुछ सॉफ़्ट ड्रिंक्स।

'ओह... थैंक यू डियर... भूख लगी थी और हम अभी कुछ ऑर्डर करने का सोच ही रहे थे... आओ पूजा... और ये सॉफ़्ट ड्रिंक किसके लिए है?' पार्थ ने उन्हें एक किनारे कर दिया और बग़ैर कुछ कहे दोनों पिज़्ज़ा खाने लगे... बीच-बीच में बियर के बड़े-बड़े घूँट।

और कुछ देर बाद उनकी पार्टी शुरू हो गई... पार्थ ने उन दोनों के लिए गांजे की सिगरेट बनाई...

'मैंने गांजा पहले कभी नहीं पिया है।'

'हर बार का कभी पहली बार होता है न।' पार्थ ने मुस्करा कर कहा।

'भैया आपने कब शुरू की थी?' काया ने यों ही बात शुरू की।

'हमें तो यह आदत इंजीनियरिंग कॉलेज में ही लग गई थी। साले प्रोफ़ेसर हमारी इतनी गांड मारते थे कि हम इसी में राहत ढूंढते थे और फिर लड़कियों से दोस्ती और ब्रेकअप। रोज़ पीने का एक नया बहाना तैयार रहता था। उस समय मैं जिस लड़की को डेट कर रहा था, वह भी पीती थी, दोनों मिलकर फूंकते थे। कॉलेज में मन नहीं लगता था। रट्टा नहीं मार पाते थे। मैं पढ़ने आया था, रोबोट बनाने, इलेक्ट्रिक चिप बनाने पर फंस गया था किसी दूसरी जगह। कुछ हमसे बड़े और सफल बेवड़े भी मिल गए, तो लगा जब इन्होंने अपनी लाइफ़ सेट कर ली है, तो हमारी भी कर देंगे। लगे रहे उनके साथ... फिर कोई कहीं, कोई कहीं चला गया... सफल बनने की दौड़ तुम्हें जिस रास्ते पर डालती है न, उस रास्ते पर तुम कभी बैठ नहीं सकते, चलते रहना पड़ता है।' पार्थ थोड़ी देर को चुप हो गया फिर धीरे से कहा...

'कभी-कभी लगता भी है, अब वापसी मुमकिन नहीं।'

'पर भैया... अब वापसी क्यों चाहिए, लाइफ़ सेट है।'

'मैं यह नहीं करना चाहता था, न यह बनना चाहता था। सुविधाओं की भूख यहाँ तक ले आई, मैंने गिव अप कर दिया। तुम सोच रही होगी कि हमें किस चीज़ की कमी है?'

'ज़ाहिर है भैया, आपका फ़्लैट ही सारी हकीक़त बयान कर रहा है...' काया ने मुस्कराकर कहा।

'कमी बाहर नहीं होती डियर, भीतर होती है, बस हम ढूंढते बाहर हैं, फिर उसे भरने ख़ूब सारा सामान ख़रीदकर ले आते हैं।' पार्थ बहुत ज़ोर से हंस दिया। पूजा भी।

'एक दिन पता चलेगा, बस सामान ही रह गया है।' पूजा ने धीरे से कहा और सोफ़े पर लेट गई।

पार्थ ने एक-एक सिगरेट उनकी तरफ़ बढ़ाई और अपने लिए कुछ और बनाने लगा...

'भैया, सेफ़ है न?' काया ने लेते हुए कहा।

'अरे, इससे ज़्यादा सेफ़ कुछ नहीं है। मैंने दारू से बचने के लिए गांजा शुरू किया था। गांजे के लिए मुझे बड़ी ग़लतफ़हमी थी कि पी लूँगा और अपने आपको भूल जाऊँगा, किसी को पता भी नहीं चलेगा। साला हुआ उल्टा। अपने भीतर और ज़्यादा डूब गया। सारी भूली बातें याद आने लगीं। जो भी तुम्हारे भीतर होता है, गांजा उसे उभार देता है। ख़ुश हो, तो ज़्यादा ख़ुश हो जाओगे, दुखी हो, तो और ज़्यादा दुखी हो जाओगे। मेरे जितने दोस्त थे, दारू छोड़कर इसी में आ गए थे... भांग, हैश, वीड एडीबल्स। ख़ास बात तो यह है गांजा तुम्हारी वाइब्स बदलता नहीं, जैसे दारू बदलती है। तुम्हारी वाइब्स वही रहती हैं। थॉट्स बड़े क्लियर हो जाते हैं गांजा फूंकने के बाद। नए-नए आइडियाज़ आते हैं, क्रिएटिव हो जाते हो। दुनिया बड़ी अच्छी लगने लगती है। तुम खुद ट्राय करो।'

'पर भैया आदी भी तो हो जाते होंगे?'

'पहले सिर्फ शनिवार शाम को होता था। अब हर शाम शनिवार है।' पूजा ने फ़िर धीरे से कहा।

'अरे इतनी उदास बातें लेकर क्यों बैठ गए हो? लेट्स स्टार्ट...' दिव्या ने ज़ोर से कहा।

उस तवील रात काया ने कई प्रकार के नशे किए। वह एक अजीब-सा सुकून था। किसी की याद तक नहीं आई, न दुनियादारी की कोई बात सूझी। फ़ोन तक देखने की फ़ुरसत नहीं थी।

रूम की लाइट बंद... सब कुछ धुआँ-धुआँ... पानी और बियर की ख़ाली बॉटल्स ज़मीन पर लुढ़की हुईं। खाने-पीने की चीज़ें सब बिखरी हुईं... कोई किसी से बात नहीं कर रहा। सब इधर-उधर लुढ़के पड़े हैं। बस पार्थ भैया और पूजा दीदी कई बार उठकर दूसरे रूम में गए और वापस आकर पीते-पीते वहीं ढेर हो गए।

सिर्फ दोस्त!

दिल्ली से लौटने के दूसरे ही दिन व्हाट्सऐप पर निशांत की शादी का कार्ड आ गया। कोविड की वजह से काफ़ी वक़्त डिले होने के बाद यह शादी नेक्स्ट संडे हो रही है। कई पल बैठी वह सोचती रह गई, निशांत! उसका फ्रेंड। क्या उसे जाना चाहिए? उसने देखा, कार्ड के नीचे छोटा-सा मैसेज निशांत का था... 'इंतज़ार करूँगा।' इंतज़ार ही तो करता रहता था वह उसके आने का, जब तक वह पहुँच नहीं जाती थी।

कभी-कभी राह चलते ऐसे कुछ लोग मिल जाते हैं, जो हमारे जीवन का, हमारी यादों का एक छोटा-सा हिस्सा हो जाते हैं। वे हमसे मांगते कुछ नहीं, बस साथ चलना चाहते हैं और हम भी बहुत ख़ुश होते हैं उनके साथ चलते... लेने-देने की उम्मीदों-अपेक्षाओं से परे। पर फिर पता नहीं क्या हो जाता है, वह एक दोस्त से लड़के में बदल जाता है और...

वह बस एक और सुबह थी... सुबह पांच बजे का वक़्त... वह रोज़ इसी वक़्त इस सड़क पर दौड़ने आती है... यह एक ख़ास सड़क है... एक अकेली ख़ूब लंबी सड़क... दोनों तरफ़ से घने पेड़ों से घिरी... सुबह का सूरज उगते साफ़ देखा जा सकता है... बादलों का पहले पिंक होना... फिर ओरेंज... और फिर आहिस्ता एक गुलाबी गोला प्रकट होता है, तब तक अपना दौड़ना ख़त्म कर, थोड़ी देर सुस्ता वह यहीं एक्सरसाइज़ करती है और फिर म्यूज़िक सुनते हुए एक लंबी वॉक। यह सड़क एक जगह जाकर ख़त्म हो जाती है और जहाँ ख़त्म होती है, उसकी दाहिनी तरफ़ एक सरकारी ऑफ़िस है और एक गेस्ट हाउस और इसलिए भी इस सड़क पर वाहनों की आवाजाही बेहद कम है, तुम मज़े से किसी भी पेड़ के नीचे बैठ सकते हो।

उस दिन भी वह अपनी एक्सरसाइज़ ख़त्म कर बैठी ही थी ठंडी हवा का आनंद लेने कि लगा उसके पीछे धप्प से कुछ गिरा है... वह चिंहुकी और झट पलटी... एक

लाल मुंह वाला बंदर पेड़ से कूद ठीक उसके पीछे बैठा था। वह डर गई... अगर यह झपट पड़ा तो... अपने आपको समझाने के बावजूद कि डर की कोई बात नहीं है, उसके दिल की धड़कनें तेज़ हो गईं। डरते हुए उसने अपनी पानी की बॉटल उठाई और तेज़-तेज़ क़दमों से आगे बढ़ गई। चाहती तो थी दौड़ना पर उसने ख़ुद को थामे रखा और जब थोड़ा आगे आ गई, बेसाख़्ता भागने लगी। दूसरी तरफ़ से एक लड़का अपनी सायकल पर आता दिखा। उसकी उड़ी हवाइयां देख उसने ब्रेक मारते हुए इशारे से पूछा... 'क्या हुआ?'

'उधर पेड़ के पास मंकी है। बी केयरफुल।' उसने जल्दी से कहा और खड़ी होकर हांफ़ने लगी।

'सीरियसली? मंकी?' उसके चेहरे पर हैरानी भरी मुस्कान आ गई और वह पैडल मारता हुआ आगे निकल गया। थोड़ी ही देर में वह वापस आया... काया एक और पेड़ के नीचे बैठी थी।

'वाकई मंकी ही था कि कोई परेशान कर रहा था? इस सड़क पर बेहद कम आवाजाही है।'

'अरे मंकी ही था। उसके अचानक आने से मैं डर गई थी। आपसे मुलाक़ात नहीं हुई उसकी। बुलाती हूं।'

दोनों हंस पड़े।

'आप रोज़ आती हैं?'

'याह और आप भी...'

'नहीं। बस कभी-कभी...'

और वे अलग-अलग रास्तों पर चले गए। दो दिन वे एक-दूसरे को नहीं दिखे। तीसरे दिन दौड़ते हुए एक-दूसरे को क्रॉस किया और 'गुड मॉर्निंग' कहा। पांचवें दिन उन्होंने एक-दूसरे से नाम पूछा...

'आय एम निशांत। NMDC में काम करता हूं। वह सामने मेरा ऑफ़िस है। उसी की बग़ल में बने गेस्ट हाउस में रहता भी हूं।'

'NMDC?'

'नेशनल मिनरल डेवलपमेंट कॉर्पोरेशन'

कुछ देर एक पेड़ के नीचे बैठकर उन्होंने बात की, फिर चले गए। अगली सुबह वह थोड़ी देर से आया कि वह अपनी वॉक ख़त्म कर ले, तो वे दस मिनट बातें कर सकें। दस मिनट बाद वह चला गया। फिर वह अक्सर आने लगा। दस मिनट आधे घंटे में बदल गया। बाद में सोचो, तो लगता है, कितनी फ़िज़ूल बातें करते थे पर उस समय इन्हीं कुछ लफ़्ज़ों पर सारी कायनात टिकी होती थी। बाद में काया को पता चला था, वह वहां क्लास वन ऑफ़िसर है।

एक दिन उसने अपनी गर्लफ्रेंड के बारे में बताया। काया सुनकर ख़ुश हो गई...

'अरे, गर्लफ्रेंड भी है। ग्रेट।'

'कॉलेज टाइम से है। कास्ट सेम नहीं है तो घरवाले साथ नहीं दे रहे। पापा को अभी हार्ट अटैक आया है सो अभी ज़्यादा इंसिस्ट नहीं कर पा रहा।'

'कोई बात नहीं। लड़कों के साथ ज़्यादा प्रॉब्लम नहीं होती। देर-सवेर घरवाले मान ही जाते हैं। क्या नाम है उसका?'

'निधि...' उसने मोबाइल पर फ़ोटो दिखाई।

'वेरी ब्यूटीफुल। लकी यू आर...'

'याह। बहुत सॉफ्ट स्पोकन है। ज़रा-सा कुछ हो जाता है, उसके आंसू आ जाते हैं।'

काया मुस्करा दी। लड़कों को ऐसी ही लड़कियां अच्छी लगती हैं। फिर दोनों ने विदा ली।

एक बार वह अचानक ग़ायब हो गया। बाद में उसने बताया कि बीच-बीच में उसे जगदलपुर जाना पड़ता है सरकारी काम से। वह इंजीनियर है।

'अरे बताना तो चाहिए था। मुझे तो हर सुबह लगता था, अभी तुम आ जाओगे।'

'आई एम सॉरी। आय डोंट नो, मैंने क्यों नहीं बताया?' वह आँखें चुराता हुआ बोला।

सुबह की मुलाक़ातें फिर शुरू हो गई थीं। अब कभी-कभी वह उसके साथ रूम तक चली जाती, कॉफ़ी पीने... कॉफ़ी पिलाने के बाद वह उसे घर तक छोड़ने

जाता। घर के बाहर एक चौक था, चौक पर भी थोड़ी देर खड़े होकर वे फिर बातें करते तब कहीं जाकर वह घर पहुँचती। यह सब कुछ उतना ही सहज था, जितना सूरज का निकलना, ठंडी हवा का चलना, सड़क का शोर और वाहनों की आवाजाही... कितनी बार वह उसकी आँखों में झाँककर तसल्ली कर चुकी थी, वहां कुछ भी नहीं है। सिर्फ दोस्ती और दोस्ताना केयर। फिर ठीक है। तुम पर कोई बोझ नहीं रहता, जिसे तुम हर वक़्त उतारने की सोचो।

'निधि को थोड़ी प्रॉब्लम हो रही है?' एक दिन उसने बताया।

'प्रॉब्लम? किससे? तुमसे?'

'तुमसे?' निशांत ने मुस्कराकर कहा, तो थोड़ी देर उसे समझ में ही नहीं आया।

'मैं समझी नहीं।'

'मैंने उसे बताया है तुम्हारे बारे में। मैं जब तुम्हारे साथ होता हूं, तो कई बार उसकी कॉल भी रिसीव नहीं करता और वह बड़ी इनसिक्योर हो जाती है। उसे अब डर लग रहा है।'

'ठीक है। तो मिलना बंद कर देते हैं।'

'आय डोंट केयर। आय लव टू टॉक टू यू। यू आर माय फ्रेंड एंड आलवेज़ विल बी। तुम्हें डर लगता है लोगों से?'

'मुझे कोई फ़र्क नहीं पड़ता। मैं बहुत ढीठ हूं।' अब इतना देखकर आई हूं कि मुझे पता है, मुझे क्या चाहिए? हो सकता है, तुम न समझ पा रहे हो और नहीं ही समझ रहे हो, तभी निधि कह रही है। लड़कियां बहुत जल्दी समझ जाती हैं। लौट जाओ। अपनी निधि के पास लौट जाओ।

'अब शादी की डेट भी फ़िक्स होने को है। फिर तो हम और नहीं मिल पाएंगे? तो अब ऐसा करते हैं, मैं रोज़ आया करूँगा...'

'तुम अपना देखो निशांत। तुम एक नया जीवन शुरू करने जा रहे हो।'

'वह भी देख रहा हूं। तुम्हें कोई प्रॉब्लम है तो बताओ।'

'नहीं, कोई प्रॉब्लम नहीं है' पर शायद प्रॉब्लम यहीं से शुरू होती हो। वह चाहकर भी कुछ नहीं कह सकी।

मैसेज

फिर वह दिल्ली चली गई थी और शादी की डेट तय हो गई। चलो अच्छा है। उसे समझाना नहीं पड़ा। बस यही काम वह कभी नहीं करना चाहती, समझाने का काम। अपनी हक़ीक़त बताने का काम। उसे यह ऐसा लगता है, जैसे वह अपने कपड़े उतार कर किसी को कह रही हो, 'देखो यह मैं हूं?'

अगले दिन निशांत की कॉल आ गई थी।

'क्या कर रही हो?'

'कुछ नहीं। दिल्ली से लौटी हूं और वही रुटीन...'

'घर जा रहा हूं कल। एयरपोर्ट छोड़ने चलोगी?'

'बिलकुल। कितने बजे हैं फ्लाईट?'

और अब वह एयरपोर्ट जा रही है उसे छोड़ने। वह तो उसके बिना भी जा सकता था। समझ रही है कुछ कहना चाहता है। वह उसे सुनेगी, पूरा... सुनना बहुत ज़रूरी है।

वह उसकी बग़ल में बैठा है, उदास और चुप-चुप सा... वह कुछ नहीं कहती, बस सामने देख रही है स्टेयरिंग घुमाती हुई...

'आज तुमसे बात करने का आख़िरी मौक़ा है। फिर न जाने कब और कहाँ? पता नहीं हमने कहाँ से शुरू किया था और अब किस रास्ते पर चल पड़े हैं... तुम्हारा नहीं जानता, कम-अज़-कम मैं...' वह थोड़ी देर चुप रहा, जैसे अपने भीतर कुछ इकट्ठा कर रहा हो...

'मैं जिस रास्ते पर चल रहा हूं, अब इस पर नहीं चलना चाहता पर मैं निधि को धोखा भी नहीं देना चाहता। कभी मुझे जीवन ने एक और मौक़ा दिया तो...' उसकी आँखें भर आईं और उसने सिर खिड़की की तरफ़ मोड़ लिया।

भीतर कहीं वह जानती थी, यह दिन आएगा और यह भी जानती है, यह वक़्त भी गुज़र जाएगा। ऐसा पता नहीं क्यों होता है? क्या हम मन से इतने कमज़ोर हैं?

'पागल हो तुम। जाओ अपनी ज़िंदगी जियो। कितने लोग हैं इस प्लेनेट पर, जिन्हें मनचाहा साथ मिलता है। कितने साल इंतज़ार किया है तुम लोगों ने इस पल का। मैं समझ रही हूं, जो तुम कहना चाहते हो पर वह हो नहीं सकता। प्लीज़... मुझे भी उदास मत करो। वी आर फ़्रेंड्स न, रहेंगे।' काया ने हंसकर कहा था पर उसकी आवाज़ भी भीग गई थी।

वह बहुत कुछ कहना चाहता था। वैसे भी वह अपनी सारी बातें उसे ही बताता रहा है पर काया उसे अपने भीतर उतरने का कोई मौका नहीं देना चाहती। वह इधर-उधर की निरर्थक बातें करती रही। वह भी निरर्थक जवाब देता रहा।

और काया ने उसे एयरपोर्ट पर उतार दिया था। वह शायद उसे हग करना चाहता था आख़िरी बार, पर काया ने आसपास की भीड़ को देखते हुए कहा,

'चलो बाय। कांग्रेचुलेशंस वंस अगेन।' और वह जल्दी से मुड़ी।

'शादी में आओगी?' उसने उस मुड़ती हुई का हाथ थाम लिया था।

काया ने इंकार में सिर हिलाते हुए धीरे-से अपना हाथ छुड़ाने की कोशिश की।

'नहीं निशू। इस सब को यहीं ख़त्म हो जाने दो। दोनों के लिए अच्छा है। थोड़े दिन बाद तुम्हें कुछ भी याद नहीं रहेगा...'

वह उसे देखता वहीं खड़ा रह गया था पर उसने उसका हाथ नहीं छोड़ा था...

'इस प्यारी-सी दोस्ती को इतना मुश्किल मत बनाओ प्लीज़। लेट इट बी सो।'

उसने प्यार से उसका हाथ छुड़ाया, उसे थपका और पीठ फेरकर वापस मुड़ गई।

काया पार्किंग से अपनी कार निकाल ही चुकी थी कि निशांत का मैसेज मोबाइल पर चमका। काया ने कार रोड के किनारे खड़ी की और मैसेज खोला...

Hi Dhakkan,

पता है जब पहली बार तुमको देखा था, तो थम गया था सब कुछ और आज जब आख़िरी बार देखा, तो लगा कि काश! सब थम जाए... तू दूर न जाए... यह वक़्त यहीं ठहर जाए... यह समां यहीं रुक जाए।

काश! तू मेरी हो...

काश! वक़्त रहते हम कुछ कह देते, कुछ बोलते और कुछ सुन लेते। काश! उस दिन तू वो ओरेंज कलर का जैकट न पहन के आई होती... या तुझसे बात करने में मेरी आवाज़ लड़खड़ाई होती...

काश! तेरे हेलमेट का कलर लाल न होता, तो शायद ये बवाल न होता। काश! तेरे क़िरदार की महक इतनी चटख न होती या फिर मुझे ख़ुशबू से बेशुमार नफ़रत होती।

काश! तू बारिश में साथ भीगी न होती या वो पानी मेरे आसूंओं-सा खारा होता।

काश! तू इतनी प्यारी न होती या मैं इतना चूतिया न होता।

काश! मेरी याद्दाश्त थोड़ी-सी कमज़ोर होती... या... या फिर तेरे मुझे निशू बुलाने पर मेरी थोड़ी ज़्यादा सटक न गई होती।

काश! हम किसी बात पर लड़ लिए होते... और फिर तू कभी न मानती... या मैं तुझे कभी न मनाता...

काश! इस बॉटल को ढक्कन मिल जाता... काश! उसमें प्यार का रस भर जाता...

काश!

काश!

काश!

काश! इनमें से कुछ भी हुआ होता, तो आज ये दिल यों रोया न होता।

काश तो बहुत हैं इस मन में लेकिन बस काश, कभी तू मिल जाए और ये वक़्त वहीं थम जाए।

काश! पहले ही भगवान से तुझको माँगा होता, तो अगले जनम के भरोसे आज यों हार के न बैठा होता।

Bottle

काया की आँखें भर आईं। उसे लगा उसे बहुत ज़ोर से रो लेना चाहिए। छाती में ठहरे गोले को नीचे धकेलते हुए उसने ख़ुद को संभाला और बहुत प्यार से मैसेज डिलीट कर दिया।

हया

लंच के बाद वह वह एक छोटी-सी नैप लेने अपने कमरे में जा रही थी कि दरवाज़े की घंटी बजी... सुबह पांच बजे उठने, दौड़ने और एक्सरसाइज़ वगैरह करके पढ़ने के बाद वह इस समय तक बहुत थक जाती थी पर ज़ाहिर है वह घर पर हो, तो दरवाज़ा वही खोलेगी, चाहे 'राजा भैया' आराम से सोफ़े पर टाँगे पसारे टीवी ही क्यों न देख रहा हों। जबसे वह दिल्ली से आई है, घरवाले ऐसा दिखा रहे हैं मानो उसे फ़ॉरेन ट्रिप पर भेजा हो और वह ऐश करके आई है। हालांकि ऐश तो वह करके आई है पर इससे इनको क्या? जबसे आई है, कमबख़्त नींद ही पूरी नहीं हुई।

पर जब तक वह पहुँचती, मम्मी ने दरवाज़ा खोल दिया। वह मम्मी के ठीक पीछे खड़ी थी... आश्चर्य से उसकी आँखें फटी रह गईं... उसे लगा, अभी उसके दिल की धड़कन बंद हो जाएगी...

'हया तू?' उसके मुंह से आवाज़ नहीं निकल रही थी।

'नमस्ते आंटी...' मुस्कराकर उसे देखते हुए हया ने उसकी मम्मी को विश किया।

'अरे बेटा तू... अपनी शादी के बाद आज दिखी है। छः साल हो गए शायद... कैसी है? दुबली हो गई है... लड़कियां तो शादी करके मोटी हो जाती हैं।' मां भी बरसों बाद उसे देखकर ख़ुश हो गईं।

'ख़ुशियाँ नापने का एक ही तराजू होता है माओं के पास। मोटी हो गई तो ख़ुश नहीं तो दुखी...'

हया ने आँखें नचाई... 'अभी एक शादी में आई हूं आंटी। शादी तो बहाना है। बहुत मन था आप सबसे मिलूं...स्पेशियली इस इडीयट से...'

'अच्छा हुआ बेटा, टाइम पर तुम्हारी शादी हो गई। अब इसे ही देखो... न एग्ज़ाम क्लियर हो रहे हैं... न शादी का कुछ अता-पता है...'

'मम्मी प्लीज़... फ़िर शुरू मत हो जाना...' पीछे से काया ने ज़रा ज़ोर से कहा, तो मम्मी सकपकाकर चुप हो गई।

हया ने आगे बढ़ते हुए उसका हाथ पकड़ लिया, 'अच्छा चल अंदर। गुस्सा मेरे जाने के बाद कर लेना।'

अंदर पहुंची, तो दोनों कुछ देर एक-दूसरे का चेहरा देखती रहीं...

'तू तो इतनी शांत हुआ करती थी, सबकी सुन लेती थी, क्या हुआ?' हया ने प्यार से उसकी बांह पकड़ ली।

'सुन लेती थी, तभी तो जिसका जो मन आए, कहता जाता है। इन लोगों का शादी-शादी का रिकॉर्ड प्लेयर घिस गया है पर बंद नहीं हो रहा। कभी चैन से जीने नहीं देते यार... हमेशा लगता है, कोई क़र्ज़ उतार रहे हैं।'

'अच्छा... अच्छा... ओके... शांत हो जा... फ़ैमिली ऐसी ही होती है। बेटियां क़र्ज़ की ही तरह उतारते हैं, मुझे देखो, उतार दिया न, कह कर कि जा बाबा, अब जो तेरी क़िस्मत...' हया ने कड़वी मुस्कराहट को पीछे धकेलते हुए प्यार से कंधा थपथपाया।

काया ने एक गहरी सांस ली और सिर झटक कर गुस्सा बाहर फेंकने की कोशिश की।

'आज तू कैसे प्रगट हो गई? मैंने तो सोचा था बाक़ी का जीवन हम बस फ़ोन पर मिलेंगे।' काया ने कहा ही था कि हया बाँहें फैलाकर उसके गले लग गई।

आह! सुकून की एक तेज़ लहर सनसनाती पूरी देह का सफ़र करने लगी। थोड़ी देर के लिए वह सब भूल गई। अच्छे से उसे ख़ुद में समेट लिया। जी चाहा कहे, इस तरह तो कभी तूने बांहों में नहीं भरा था, कभी इस तरह प्यार नहीं किया था। आज क्या हुआ? पर उसका गला चोक हो गया था। छाया में आकर ही पता चलता है, धूप ने तुमको कितना धुपाया है? वह चुपचाप उसकी महक पीती रही।

हया उससे लिपटी ख़ामोश रो रही है... काया ने एक पैर से अपने पीछे दरवाज़ा बंद किया और उसे रो लेने दिया। जमा हुआ दुःख धीरे-धीरे बह रहा है... उसकी आँखें भी भर आई थीं। इन बांहों ने उसे थामे रखा होता, तो उसके जीवन की कहानी कुछ और होती...

'अच्छा अब बस। सिर्फ रोना ही था, तो फ़ोन पर रो लेतीं। इतनी दूर मिलने क्यों चली आई?' काया ने उसकी पीठ थपथपाई और प्यार से उसे गुदगुदाया।

रोते-रोते हया को हंसी आ गई। आँखों में आंसू लिए दोनों हंस रहीं हैं।

'सचमुच शादी में आई है या घर से भाग कर आई है?'

'किसके लिए भागूं? तू तो अभी तक तैयार नहीं है?'

'भागने की हिम्मत थी ही कहाँ तुझमें। बाप ने कहा, मैं मर रहा हूं, मेरी आख़िरी इच्छा है, तू शादी कर ले और तूने कर ली।'

'तूने भी तो नहीं कहा, मैं तैयार हूं, मुझसे कर ले। पता कहाँ चलता था यार कि ज़िंदगी क्या है, कैसी है, क्या करना है, क्या बनना है? सारे फ़ैसले तो हमारे घरवाले लेते थे। बस मम्मी को देखती थी और सोचती थी, ऐसी ही होती होगी सभी की ज़िंदगी। देखा नहीं था, स्कूल तक तो दो भाई छोड़ने आते थे, दो लेने। मैं अकेले कभी बाज़ार तक नहीं गई।'

'ये सिंधी पेरेंट्स इतने डरपोक क्यों होते हैं?'

'उनको बाद में गाली देंगे कायू। मैं सिर्फ तेरे लिए आई हूं। तुझे देखने, तुझे मिलने... आज हम सिर्फ अपनी बात करेंगे...'

और बस फिर... पलंग पर ब्लेंकेट में लिपटी दो चिड़ियाएं आपस में चहचहाने लगीं।

'रीटा से बात होती है तेरी?' काया ने यों ही पूछा। हया के पास आते ही कितना कुछ याद आने लगा है।

'नहीं। पता नहीं कहाँ चली गई। हम लड़कियों के सिर पर जो शादी का बम फूटता है, तो पूरी ज़िंदगी तहस-नहस हो जाती है। आज रीटा की याद कैसे?' हया ने उलाहना दिया।

'वो मेरी पहली दोस्त थी...' काया हंस पड़ी। 'उसे मुझमें जाने क्या अच्छा लगता था, वह चाहती थी, सिर्फ उसी से बात करूँ, उसी के साथ घूमूं, उसी ने मुझे पहली बार 'आय लाइक यू' कहा था।'

'तुझसे मिलने से पहले मेरी भी दोस्त थी। मुझे वह दिन आज भी याद है, जिस दिन मैंने तुझे क्लास रूम में घुसते पहली बार देखा था... पहली ही नज़र में तू मेरे भीतर

उतर गई थी। वह भी क्या उमर थी कायू... हम इलेवंथ में थे, कुछ पता नहीं होता था, न किसी को लाइक करने की वजह, न डिसलाइक करने की। तुझे देखने के बाद और सब छूट गया।' हया के चेहरे पर एक उदास मुस्कान है।

'वो जो बॉडीगार्ड की तरह तेरे दो भाई आते थे। कोई मौका ही न देते थे कि तू किसी से बात करे। छुट्टी होने से पहले हाज़िर। सिर्फ रिसेस में हम बात कर पाते थे और तुझे याद है तू अपने घर से मेरे लिए रोज़ टिफ़िन ले आती थी। मुझे सिंधी फूड आज भी बहुत पसंद है। अब कोई खिलाने वाला ही नहीं रहा।'

'तू जो शौक से खाती थी, मैं वही मम्मी से कह-कहकर बनवाती थी...' हया की आँखें गीली हो आईं... 'मीठी रोटी अचार के साथ और कढ़ी-चावल और सर्दियों में माजून...'

'आंटी पूछती नहीं थी इतना खाना क्यों ले जा रही है, क्या करेगी?'

'मम्मी को पता था, हम दोनों साथ खाते हैं। उन्होंने कभी कुछ नहीं कहा। पर एक बार तेरी मम्मी को शक हुआ था न?' हया को वह घटना याद हो आई।

'हां, कमबख़्त तू मुझे 'आप' कहती थी और उस दिन तूने मुझे खाने पर बुलाया था, मैं नहीं आ पाई थी। दुपहर अभी ख़त्म भी न हुई थी कि तू टिफ़िन लेकर हाज़िर... 'मैंने आपके लिए इतने प्यार से खाना बनाया था, आप क्यों नहीं आए?' मम्मी को शक हो गया। उन्होंने पूछा, 'ये तेरी दोस्त तुझे आप क्यों कहती है? और जब यह आती है, तुम लोग दरवाज़ा बंद क्यों कर लेते हो? मैंने कहा, 'मेरी शक्की मम्मी, आप इसलिए कहती है कि उसे आदत पड़ गई है, अपने घर में बड़े भाइयों को आप कहते-कहते और दरवाज़ा इसलिए उढ़का देती हूं कि उसे हमारे टॉमी (कुत्ते) से डर लगता है।' मैंने झल्ला कर कहा था।

दोनों हंसने लगे।

बचपन का प्यार

'बहुत समझाने पर तूने मुझे आप कहना छोड़ा था।' काया ने प्यार से उसके बाल पीछे करते हुए कहा...

'एक बार मम्मी ने पूछा था, 'ये सिंधी लोग, लड़कियों के नाम ऐसे क्यों रखते हैं? दया, हया, लाजो, रत्ती, शील। मैंने कहा, आपने भी तो रखा है काया। फिर?'

दोनों ज़ोर से हंसने लगती हैं।

'उन्हें पता नहीं है, इस सिंधी लड़की ने ही सबसे पहले उनकी बेटी पटा ली।' हया ने कहा।

'सिंधी लड़की ने सबसे पहले नहीं पटाई, तुमसे पहले एक छोटी-सी दोस्ती मेरी और हुई थी...' काया ने मुस्कराते हुए कहा।

'कौन थी? कमबख़्त तूने बताया नहीं कभी?' हया ने उसके सिर पर एक हाथ जड़ दिया।

'ऐसा कुछ बताने लायक नहीं है फिर भी सुन। हम ग्यारहवीं में ही तो थे। तेरा एडमिशन बाद में हुआ था, तुझसे पहले एक और लड़की आई थी वसुधा। न्यू एडमिशन था। बहुत सीधी थी। किसी से तू करके भी बात नहीं करती थी, तुम या आप। तुझे तो पता ही है, रायगढ़ कैसी जगह थी? मुझे वह कभी पसंद नहीं आई। कई दिन देखा-देखी चलती रही। मैंने महसूस किया कि वसु मुझे बहुत ध्यान से देखती है, मेरे ही दोस्तों से मेरी बाबत पूछती है पर मैंने भी कोई ध्यान नहीं दिया। एक बार ऐसा हुआ कि रास्ते में मेरी स्कूटर का पेट्रोल ख़त्म हो गया और मेरे पास पैसे भी नहीं थे भरवाने को। साथ में दिव्या थी, उसके पास भी पैसे नहीं थे।

हमें याद आया कि यहीं कहीं एक न्यू एडमिशन लड़की रहती है, वसुधा। हम उसके घर जा पहुंचे और दिव्या लगी बातें बनाने। पर वह तो मुझे देखते ही इतनी ख़ुश हो गई कि जब दिव्या ने बताया कि पेट्रोल ख़त्म हो गया है, उसने न सिर्फ

पैसे दिए बल्कि ख़ुद चल कर आई पम्प तक। मुझे यह सोचकर बुरा लग रहा था कि हम उससे झूठ बोल रहे थे।

दूसरे दिन मैंने उसके स्कूल पहुँचते ही जाकर कह दिया कि कल हमें पेट्रोल के पैसे लेने थे तुमसे, तभी आए थे। उसे यह बात अच्छी लगी कि मैंने सच कहा। बस हमारी दोस्ती हो गई। हम पता नहीं क्या बातें करते थे पर बहुत करते थे। अगले ही महीने मेरी बास्केट बॉल की स्टेट चैम्पियनशिप थी और मुझे एक हफ़्ते के लिए बाहर जाना था। मैंने उसे बताया, तो वह बेहद उदास हो गई। हमने नंबर एक्सचेंज किए और बातें शुरू हो गईं। बस फिर हम दस-दस, बीस-बीस रुपए के टॉपअप करवा के दिन भर फ़ोन पर लगे रहते थे। इतना पागलपन था कि समझ में ही नहीं आता था, चल क्या रहा है?

एक हफ़्ते बाद मैं वापस आई, तो एक दिन पहले ही वह कहीं चली गई थी, बिना बताए। स्कूल बंद। फ़ोन बंद। तीन महीने बाद उसका फ़ोन आया कि उसकी मम्मी को कैंसर है और वे उसे इलाज के लिए कभी इधर, कभी उधर ले जा रहे थे। वह रो रही थी। उसके पापा के पास कोई जॉब नहीं थी और वह हमेशा डिप्रेशन में रहते थे। मैंने उसे हौसला दिया था पर कितना? पता नहीं। बस, फिर वह लौटकर नहीं आई, न कोई संपर्क किया।'

'ओ... बचपन का प्यार...' हया ने मुस्कराते हुए कहा।

'हां, मात्र कुछ महीनों का... मुझे रीटा भी बहुत याद आती है। उसी की वजह से हमारी दोस्ती हुई थी।'

'हां, बहुत होशियार थी कमबख़्त। एक लड़के को भी साथ-साथ चला रही थी। तुझे याद है न, जब वह लड़के से मिलने जाती थी, हम बेंच पर बैठकर बातें करते थे। लगभग आधे घंटे का वह वक़्त दिन भर का सबसे ख़ास वक़्त होता था। अपने दिल की सारी बातें हम एक-दूसरे से उसी वक़्त करते थे। कितना छटपटाते थे हम उस आधे घंटे के लिए? और जब वह वापस आती थी, हम ऐसे हो जाते, जैसे एक-दूसरे के लिए अजनबी हों।'

'और एक बार रीटा से मेरा झगड़ा हो गया, तो तू भी रीटा से लड़ पड़ी। मैंने बाद में पूछा कि तू क्यों लड़ी, तो तूने कहा, पता नहीं। जब वो तुझसे झगड़ रही थी, मेरा जी किया, उसका मुंह तोड़ दूं।'

दोनों बहुत ज़ोर से हंस पड़ीं।

'हां सच कायू। मैं तुझे क्यों इतना प्यार करती हूं, मुझे आज भी पता नहीं। हमारे बीच कुछ फ़िज़िकल भी नहीं है। मैंने हार्डली कभी तुझे 'किस' किया होगा पर आज भी... जबकि मेरी शादी हो गई है... मैं सबसे ज़्यादा तुझे ही चाहती हूं। तुझे ही सोचती हूं। आज भी सिर्फ तुझे ही देखने आई हूं। आजकल मैं अक्सर सोचती हूं, एक लड़का और लड़की साथ रह सकते हैं, तो दो लड़कियां क्यों नहीं?'

'यह इंडिया है मेरी जान। ऐसा सोचना भी पाप है।'

'बग़ैर प्रेम के सेक्स करना पाप नहीं है। दूसरे को हर पल टॉर्चर करना पाप नहीं है। किसी को ज़बरदस्ती गुलाम बनाना पाप नहीं है। ज़बरदस्ती शादी करना पाप नहीं है। एक बीवी के रहते हर जगह मुंह मारना पाप नहीं है... पाप है सिर्फ अपने मन से जीना। आख़िर तो यह हमारी देह है पर इस पर हमारा हक़ नहीं है। हमारी देह फ़ैमिली किसी को दे, तो पुण्य और हम अपनी मर्ज़ी से किसी को दें, तो पाप। ये पाप-पुण्य के खेल हमारा परिवार और समाज ख़ूब खेलता है क्योंकि इसी पाप की आग में बेटियों की बोटियाँ सिंकती हैं और उनके नामनिहाद घर चलते हैं।'

गहरे ज़ख़्म

हया को बेतरह रुलाई फूटने लगी, तो काया ने उसके गले में बांह डालते हुए उसे ख़ुद से सटाया और उसका माथा चूम लिया। आंसू काया की गर्दन भिगोते रहे... दोनों चुप एक-दूसरे की बग़ल में लेटी रहीं।

'तेरे बाद में भी बहुत दोस्त बने होंगे। तू तो इन्दौर गई थी पढ़ने...' थोड़ी देर बाद यों ही बात बदलने के लिए हया ने उससे कहा।

'तुझे कैसे पता, मेरे बहुत दोस्त बने होंगे। मैंने कभी बताया तुझे?'

'सब बातें कहने से ही पता चलती हैं क्या? मैं जानती हूं, तू अकेली नहीं रह सकती।'

काया थोड़ी देर चुप रही। फिर कहा, 'हां, बहुत बने पर तेरे जैसा कोई मिला नहीं। इंदौर में भी मैं तुझे बहुत याद करती थी, बहुत रोती थी। तेरी बहुत ख़ास जगह है मेरे भीतर। वह जगह कोई नहीं ले पाया। पहला प्रेम ऐसा ही होता है क्या? तुम्हें कभी अकेला छोड़कर नहीं जाता। करने वाला भले छोड़कर चला गया हो।' काया ने आख़िरी वाक्य में उसे हँसाना चाहा पर किसी को हंसी नहीं आई।

'झूठ मत बोलना।' हया ने उसका चेहरा ऊपर करते हुए कहा,

'उसकी कोई ज़रूरत नहीं है। न तूने कुछ माँगा है, न मैंने दिया है और है भी क्या लेने-देने को? हम तो किसी से कहने भी जाएंगे कि हम एक-दूसरे से इतना प्रेम करते हैं कि साथ रहना चाहते हैं, तो कोई यकीन तक नहीं करेगा। क्या सारी चीज़ें तर्क से ही समझ में आती हैं? नहीं, भीतर के सच तर्कों से नहीं समझे जा सकते। वे ज़ाहिरा दिखाई भी तो नहीं देते।' एकाएक काया को रुबिन सर की याद आ गई। वह अपनी क्लास में प्लेटो की थ्योरी पढ़ाया करते थे, जो आज भी काया को उन्हीं के शब्दों में याद है। कभी बताएगी हया को।

'कायू... जब केतन दुकान चला जाता है, मैं आराम से बैठकर तुझे सोचती हूं। उसकी मार में, उसके सेक्स में भी, हालांकि उसका सेक्स भी उसकी मार जैसा ही होता है, मैं तुझे ही याद करती हूं। एक दिन मैं सोच रही थी... स्पर्श कितने प्रकार के होते होंगे? एक तेरा स्पर्श है, तू छूती है, तो न जाने कितनी गांठें खुल जाती हैं भीतर की और जब केतन छूता है, सब कुछ बर्फ़-सा जम जाता है। देह पत्थर हो जाती है। इतनी कि कभी-कभी केतन की मार का भी पता नहीं चलता। बदन पर नील पड़ जाते हैं, तो मैं सोचती हूं नफ़रत के पौधे में फूल खिले हैं... और ये फूल कभी मुरझाते भी नहीं। मैंने बहुत मार खाई है कायू... भीतर भी... बाहर भी... ज़ख्म बहुत गहरे हैं और जानती हूं एक दिन सड़ेंगे भी, इसीलिए मैं बच्चा नहीं चाहती, बच्चा भी तो इसी सड़न से पैदा होगा और सच कहूं, अब पाप करने को जी चाहता है। अपने भीतर केतन को हज़ारों बार मारती हूं... कायू, कैसा होता होगा, उसे अपना जिस्म देना, जिससे तुम सचमुच मोहब्बत करते हो? कोई आए, इसे चूमे, इसे प्यार करे, इसके ज़ख्म सहलाए, तो यह भी जी जाए। जब मन मरने लगता है न कायू तो जिस्म भी धीरे-धीरे मर जाता है। मुझे लगता है, मैं आहिस्ता-आहिस्ता मर रही हूं।'

हया ने उसकी गर्दन में कसकर अपना चेहरा छिपा लिया। उसके आंसुओं से काया का कंधा गीला हो गया है। काया ने उसे कसकर अपने से लगाए रखा।

'केतन को बैठाकर उससे बात क्यों नहीं करती? अपनी सास को बोल... उसे बता अपनी तकलीफ़... वह भी तो औरत है...'

थोड़ी देर बाद काया ने उसके आंसू पोंछे और उसका माथा चूमा। हया और रोना चाहती थी पर फिर बचे हुए आंसू उसने भीतर उतार लिए।

'एक औरत दूसरी की तकलीफ़ समझती, तो ये मर्द भी इतने हरामी न होते। केतन एक बिगड़ा हुआ बदतमीज़ मर्द है और उसकी मां दिन भर 'मेरा बेटा, मेरा बेटा' कहती रहती है। माएं क्यों नहीं अपने बेटों को भी दो जूते मारतीं? बेटियों को तो दिन भर मारती हैं। बेटों को छोड़ देती हैं छुट्टे सांड-सा... हर कहीं मुंह मारने। अब उस घर में मेरा किसी से बात करने का मन नहीं होता।'

'वह कहीं और भी मुंह मारता है?'

'उसके कहीं और मुंह मारने का मुझे अफ़सोस नहीं है। बस मैं चाहती हूं, वह मेरे पास न आए। मुझ पर अपनी हुकूमत न चलाए। मैं मन में हज़ार बार थूकती हूं उस पर। अगर मैं अपने पैरों पर खड़ी होती कायू, मैं भाग जाती।'

'एक 'राजा बेटा' यहाँ भी है, जिसकी मां दिन भर उसके पीछे घूमती है। बाप उसी को देखकर ख़ुश होता रहता है। मैंने भी बहुत बुरा बचपन गुज़ारा है यार, तन्हा... अकेली... मैं दिन भर आवारा घूमती थी। कोई मेरा हाथ पकड़कर घर लाने वाला नहीं था। अपनी भूख और प्यास का पता ही नहीं चलता था।'

'हमसे कोई प्यार नहीं करता कायू? हम बोझ हैं पेरेंट्स पर, वे हमेशा हमसे छुटकारे की सोचते हैं। तूने किसी तरह पढ़ तो लिया, मुझे तो ग्रेजुअशन भी पूरा नहीं करने दिया।'

'पढ़ाया तो इसलिए कि कोई ऑप्शन नहीं था। भाई के साथ इन्दौर भेज दिया कि उसका ख़्याल रखना। अब बस दिन भर 'शादी-शादी' का राग और कमबख़्त ये हो भी नहीं रही...'

'शादी के लिए तैयार है?' हया ने उसका चेहरा देखा।

'अब इनसे छुटकारा पाना है, तो क्या करूँ? कभी लगता है कोई भी मिल जाए, बस यहाँ से टलूँ.. कभी लगता है, दिल्ली भाग जाऊं। वहीं जॉब करूँ, वहीं रहूँ, मेरी कई फ्रेंड्स नोएडा में जॉब करती हैं आईटी सेक्टर में। दिव्या याद है न तुझे, वह भी वहीं है। मज़े कर रही हैं सब। एक हम हैं। मैं तो किसी लड़के के साथ रह भी नहीं सकती... और किसी लड़की के साथ ये रहने देंगे नहीं... बता कोई रास्ता है मेरे लिए?'

'पर भागना भी तो कोई रास्ता नहीं है... जिसके साथ भागेगी, उसके साथ हमेशा रह पाएगी, यह भी ज़रूरी थोड़े ही है।' हया ने कुछ सोचते हुए कहा।

'साथ रहने की फ़िक्र? यह फ़िक्रर छोड़नी पड़ेगी अगर ख़ुद को बचाना है। इतनी सिक्योरिटी तो इस नामनिहाद शादियों में भी नहीं है और सिक्योरिटी हो, ख़ुशी न हो, तो भी क्या फ़ायदा? और तुम्हें पता है, लड़कियां तुम्हें वैसे ही क़ुबूल करती हैं, जैसी तुम हो। लड़के तुम में एक आदर्श बीवी, मां, बहू और न जाने क्या-क्या खोजते हैं। तुम्हें इतने टुकड़ों में बाँट देंगे कि न तुम अपनी रहोगी, न किसी और की।' काया ने थोड़े गुस्से से कहा।

वाइब्रेशन पर रखे मोबाइल की घनघनाहट कई बार आ चुकी है... काया बार-बार काट रही है। हया का ध्यान फ़ोन पर नहीं है पर जब इस बार भी उसने नाम देखकर काट दिया, तो वह ज़रा-सी अवेयर हुई...

'कौन है? उठा ले...'

'नहीं कोई नहीं...' काया अचानक हड़बड़ा गई।

'दे, फ़ोन दे...' हया ने हाथ बढ़ाया।

'रहने दे, मैं तेरे को दुखी नहीं करना चाहती।'

'जितना भी सुखी या दुखी किया है, तूने ही किया है, तो अब क्या है? करती जा।'

'मेरी एक दोस्त है... मालू... मालिनी...' वह झूठ नहीं बोल पाई।

'दोस्त यानी?' हया एक झटके से उठकर बैठ गई और उसका चेहरा अपनी ओर कर लिया।

'वही जो तू समझ रही है। दोस्त से ज़्यादा।'

'कायू... ये तुझे क्या हो गया है? तू कहाँ जा रही है?'

'प्लीज़, मुझे समझाना मत। मैं तुझे बता नहीं पाऊँगी कि प्रेम की यह ज़रूरत कैसे कलेजा काटती है? और मालू बहुत अच्छी लड़की है। तू सुनेगी इसकी कहानी तो तू भी रो पड़ेगी।'

'क्या कहानी?' हया ने कहा, तो उससे पर वह अपने ही भीतर कहीं खो सी गई। शायद सोच रही हो, उसे तो कायू के सिवा कभी कोई दिखा नहीं और एक कायू है... चलते-चलते कितनी दूर निकल गई।

'सुनना चाहेगी?' काया ने पूछा, तो उसने इंकार से सिर हिला दिया...

'नहीं सुन पाऊंगी...'

'अब सुन ले। मेरे लिए सुन ले। हम सब की मजबूरियां बहुत अलग किस्म की होती हैं हया। हमारे पास जिस्म मांगने कई आते हैं पर हमें सुनने कोई नहीं आता। हमें समझने कोई नहीं आता।' उसने उसे खींच कर अपने क़रीब लिटा दिया और उसे सब कुछ बता देने का हौसला जुटाने लगी।

हमारे भीतर सबके लिए अलग-अलग जगहें होती हैं। प्यार वह हया से भी करती है, मालू से भी, आहना से भी किया था, सारा से भी और नोरा से भी। पर हया को

उस तरह छूने का दुस्साहस भी वह नहीं कर सकती, जिस बेतहाशा जुनून से वह मालू को अपने भीतर ले लेती है।

'मैं यह कैसे सुन पाऊंगी कि तू मेरे सिवा भी...' हया ने ऐसी आवाज़ में कहा कि काया का जी चाहा, वह ज़ोर से रो पड़े। वह रिश्तों के ऐसे ताने-बाने में उलझ गई है कि शायद कभी न निकल पाए। कई बार वह इस सवाल का जवाब ढूँढने की कोशिश करती है कि आख़िर उसमें सब कुछ नॉर्मल क्यों नहीं है? पर फिर लगता है, यही नॉर्मल है। आख़िर वह क्या चाहती है? बस एक लड़की का साथ ही तो?

सारा का साथ

'मालू एक ऑर्फ़न है... वह कुछ दिनों की ही थी कि कोई गाँव के चर्च के सामने उसे छोड़ कर चला गया था आधी रात को। चर्च ने उसे उठा तो लिया पर चर्च वालों को जिस फ़ैमिली पर शक था, वही उसके मां-बाप थे। इसकी मां ज़रा भी सुंदर नहीं थी और इसके पापा से उसकी लव मैरिज हुई थी, सबकी खिलाफ़त के बावजूद। घरवाले इसकी मां को बहुत तंग करते थे, ज़लील करते रहते थे, फिर जब यह पैदा हुई, तो यह भी सुंदर नहीं थी। एक तो लड़की, ऊपर से काली। घरवालों ने मां को मजबूर किया होगा और लड़की चर्च के मुख्य दरवाज़े के बाहर पाई गई।

बाद में पादरियों के दबाव डालने पर उसके पापा ने स्वीकार किया कि हां, बच्ची उन्हीं की है पर कुछ वक़्त इसे चर्च में ही रहने दें, तब तक मैं अपने घरवालों को समझाने की कोशिश करूँगा और दो साल में कोई समझा या नहीं पर उनका देहांत ज़रूर हो गया। उनके देहांत के बाद उसकी मां को भी घर से निकाल दिया गया और कोई नहीं जानता कि वह औरत कहाँ चली गई। फिर हुआ ऐसा कि धीरे-धीरे उस घर के सारे पुरुष चल बसे। बची हुई औरतें घर नहीं बचा पाईं और घर पूरी तरह तबाह हो गया और फिर एक तूफ़ान में वह छोटा-सा गाँव भी ज़मीदोज़ हो गया, जहाँ यह पैदा हुई थी।

हया सन्नाटे में सुनती रह गई थी। बहुत देर दोनों में किसी ने कुछ नहीं कहा।

'मालू के बारे में तुझे किसने बताया?'

'नोरा ने...' काया के मुंह से निकल गया।

'और नोरा कौन है?'

'मेरी पुरानी फ्रेंड... एक दिन बिना बताए ग़ायब हो गई थी। फिर चार साल बाद उसका फ़ोन आया था।'

'गर्लफ्रेंड बोल न?'

'हां, गर्लफ्रेंड...'

'उसने चार साल बाद तुझे फ़ोन किया और मालू सौंप दी? तुझे क्या हो गया है कायू?'

'तू जानती है न मैं अकेली नहीं रह सकती?'

'कोई और भी है, तो वह भी बता दे...' हया ने सपाट स्वर में कहा।

'तू तो शादी करके चली गई और मेरा क्या? और कुछ भी अपने वश में नहीं होता यार। लोग आ जाते हैं जीवन में और हम उनके साथ चल पड़ते हैं। तू यकीन कर सकती है या नहीं, अब इससे मुझे क्या ही फ़र्क़ पड़ेगा? मुझसे तो जो भी पूछता है, मैं जीवन की पूरी किताब खोल देती हूं उसके सामने। मुझे छिपाना नहीं आता... जानती हूं कोई किसी को पूरा नहीं समझ सकता, मैं भी नहीं समझी जाऊँगी। पर ठीक है हया, तुझसे कहकर मुझे अच्छा लगेगा। आख़िर यही तो हम चाहते हैं कि जीवन में कोई एक हो, जो हमें समझ सके।'

'और वह एक मैं हूं...' हया उदास मुस्कान से उसे देखती रही।

'आज पता चल जाएगा...' काया ने शरारत से कहा, तो दोनों हंस पड़ीं।

'चल बता दे...'

'तू कह रही है न कि मैं इन्दौर गई थी पढ़ने तो बता दूं, मुझे इसलिए भेजा गया था कि भाई को पढ़ाना था और मुझे उसका बॉडीगार्ड बनना था क्योंकि उसकी तबियत ठीक नहीं रहती थी, अस्थमा उसे शुरू से था। बाद में कुछ प्रॉब्लम्स और बढ़ गईं थीं, तो अब बॉडीगार्ड भी फ्री क्यों बैठा रहे, सो वह भी अपनी पढ़ाई पूरी कर ले। मेरे लिए भी इस मायने में अच्छा था कि मैं घर से दूर रह सकती थी। घर में घुसते ही मुझे शिद्दत से यह एहसास होता था कि मैं किसी ग़ैरज़रूरी चीज़ की तरह हूं, जिसे वे फेंक भी नहीं पा रहे और जिसने जगह भी छेंकी हुई है। मैं घर से भागने के बहाने ढूंढती थी।' काया बोलते-बोलते खो-सी गई।

'चुप क्यों हो गई? बोल न...' हया ने उसे हिलाया।

'वहीं मेरी मुलाक़ात सारा से हुई थी। सारा बंगलौर में एक अच्छी-ख़ासी जॉब कर रही थी, जिसे छोड़ कर इंदौर वह सिर्फ UPSC की तैयारी के लिए आई थी, वह IAS बनना चाहती थी। पढ़ने में बहुत अच्छी थी और बहुत ज़्यादा पढ़ाई भी करती थी। उसे पढ़ते देख रश्क होता था कि काश, हम भी पढ़ सकते इतना। मैंने उससे बात करनी शुरू की। हम दोनों ही उस वक़्त हॉस्टल में रहते थे और हॉस्टल का यह आलम था कि कोई पढ़ना भी चाहे तब भी पढ़ नहीं पाता था। कोई न कोई आ टपकता और प्लानिंग धरी की धरी रह जाती। सारा जल्दी ही समझ गई कि हॉस्टल में रहकर पढ़ाई नहीं हो सकती।

उसने पहले मुझे गेयर में लेना शुरू किया कि तेरे दोस्त बेकार हैं, तुझे पढ़ने नहीं देते। हर वक़्त तेरा टाइम ख़राब करते रहते हैं। हमें एक ऐसी जगह चाहिए, जहाँ हम अपने मन से रह सकें, जी भर कर पढ़ सकें और फ़्यूचर प्लानिंग कर सकें। उसने मुझे ऐसे सपने दिखाए, जो मैं देखना चाहती थी पर देखने जितना साहस नहीं था उस वक़्त। कैसा जादू-सा कर दिया था उसने कि उसका कहा एक-एक लफ्ज़ मुझे सही लगता। फिर उसने कहा कि वह अलग से रूम लेने का सोच रही है, क्या मैं शेयर करना चाहूंगी? मैं ख़ुशी-ख़ुशी मान गई और अपने सारे दोस्तों को छोड़कर उससे रूम शेयर करने चली गई।'

'तेरे दोस्तों ने तुझे रोकने की कोशिश नहीं की?'

'बहुत की पर मैं किसकी सुनने वाली थी? मैं तो सारा के असर में थी।'

'फिर?'

'जब मैं अपना सामान लेकर वहां पहुंची, तो पता चला हम तीन लड़कियां रूम शेयर करेंगी। एक लड़की और थी- प्रिया। वह सारा की ही फ्रेंड थी। सारा ने उससे भी पूछा था और वह मान गई थी। मुझे भी कोई एतराज़ नहीं था। धीरे-धीरे प्रिया मेरी भी दोस्त बन गई और जब सारा को ज़्यादा पढ़ना होता, हम एक साथ घूमने निकल जाते। मैं कॉलेज जाती थी तो प्रिया कोचिंग और सारा घर में पढ़ती थी। अब मैं और प्रिया घर से एक साथ निकलने लगे। सारा को इससे भी तकलीफ़ होने लगी, हमारा कभी ध्यान तक नहीं गया पर अब वह छोटी-छोटी बात पर लड़ने लगी...

'तू प्रिया के पीछे क्यों पड़ी रहती है? तेरा अपना कुछ नहीं है क्या? तू उसे छोड़, अपना देख...'

सारा ने हमारा एक साथ निकलना छुड़वा दिया। एक के जाने के बाद दूसरा निकलता और किसी में इतनी हिम्मत नहीं थी कि कोई एतराज़ करे। फिर भी झगड़े होते ही रहते थे। आख़िर झगड़े इतने बढ़ गए कि प्रिया रूम छोड़कर चली गई, बचे मैं और सारा।' काया चुप हो गई।

हया ख़ामोशी से उसका चेहरा देख रही है। उसके चेहरे पर हज़ारों सवाल उग आए हैं काँटों की तरह... पर उसने सुनते रहना ही मुनासिब समझा...

'एलगरी ऑफ़ केव'

'हम डेढ़ साल तक साथ रहे, बहुत ही गंदा एक्सपीरियंस था। सारा ने ही मुझे फ़िज़िकल होना सिखाया। दिन भर पढ़ाई से होने वाली बोरियत दूर करने वह मेरे साथ खेलने लगी। मुझे बहुत गंदा भी लगता और मज़ा भी आता। समझ में ही नहीं आया कि कैसे रिएक्ट करना है और इसी नासमझी में चीज़ें चलती रहीं। कभी ज़रा-सा विरोध भी करती थी, कभी भागना भी चाहती थी पर फिर सरेंडर कर देती थी। सारा मुझे अपने भाई से भी मिलने नहीं देती थी। हफ़्ते में एक बार मुझे अपने भाई से मिलने बॉयज हॉस्टल जाना ही पड़ता था क्योंकि घरवालों का भी प्रेशर था और मुझे तो भेजा ही इसीलिए गया था। जिस दिन मैं अपने भाई से मिलने जाती, उस दिन मेरी और सारा की ख़ूब लड़ाई होती और कभी तो यह अगले हफ़्ते तक भी चलती रहती थी, तब तक मेरे दोबारा जाने का वक़्त आ जाता था। फिर एक बड़ी घटना घट गई...'

हया ने सिर्फ सिर हिलाकर पूछा, क्या?

'हुआ ये कि किसी ने सारा की बहन श्रुति का रेप कर दिया और फ़ोन पर उसे धमकी भी देने लगा कि किसी को बताना मत वर्ना... वह लड़का सारी लड़कियों को फ़ेसबुक पर ही फ्रेंड रिक्वेस्ट भेजता था। साल भर बाद उसी लड़के से सारा भी फंस गई। बाद में सारा को जब यह पता चला कि यह वही लड़का है, तो उसने पुलिस में रिपोर्ट कर दी। अब रोज़ पूछताछ और दौड़ा-दौड़ी शुरू हो गई। इससे मिलो, उससे मिलो। सबको वही कहानी बार-बार सुनाओ। लड़का ऐसा ग़ायब हुआ कि पुलिस को भी नहीं मिला। क्या पता वह ढूंढना भी चाहती थी या नहीं? सबकी पढ़ाई का भी हर्ज़ होने लगा। मैंने सारा से कहा कि तू अपनी पढ़ाई पर ध्यान दे, इस केस को मैं देख लूंगी। सारा पूरी तरह से पीछे हट गई, वह अपनी पढ़ाई में बिज़ी हो गई, उसे मेरी तरफ़ देखने की भी फ़ुरसत न थी। हर बात में मैं ही सामने रहती। यहाँ तक कि सारा ने पूछना भी छोड़ दिया कि क्या हुआ?'

'मैं पूछती हूं क्या हुआ?'

'हुआ कुछ नहीं... सुनवाई पर सुनवाई और इसके पीछे मेरा पूरा साल ख़राब हो गया।'

'वाह... सदके जांवां... ' हया ने गुस्से से कहा।

'आख़िर मैं फ़ेल ही हो गई। थर्ड ईयर ग्रेजुएशन चल रहा था, मेरी कुछ समझ में नहीं आ रहा था कि आख़िर मुझे जाना कहाँ है और मैं कर क्या रही हूं? इधर जाने क्या हो गया था, सारा भी मुझसे ऐसे बिहेव करने लगी जैसे मैं उसकी कोई नौकर हूं। हर काम वह मुझे ही टिकाती पर मैं उससे कभी कुछ नहीं कह पाती। चुपचाप बताया हुआ काम कर देती। मेरी पढ़ाई की तलवार सिर पर अलग लटक रही थी। आख़िर मैंने फुल टाइम कोचिंग जाना शुरू किया, रुबिन सर के पास। इनका कोचिंग का काफ़ी बड़ा इंस्टीट्यूट है, जिसे रुबिन सर और प्रिया दीदी चलाते हैं। प्रिया दीदी के साथ वह लिव इन रिलेशनशिप में रह रहे थे और उससे शादी करने वाले थे।

धीरे-धीरे रुबिन सर मुझसे क्लोज़ होने लगे। वह हमेशा मेरी हौसलाअफज़ाई करते और कहते तू चिंता मत कर, मैं हूं न। जब तक तेरा सिलेक्शन नहीं हो जाता, मैं चैन से नहीं बैठूँगा। मुझे समझ में नहीं आ रहा था कि यह सब आख़िर है क्या? प्रिया दीदी भी वहीं रहती थीं। उनके सामने कहते थे। प्रिया दीदी मुझे हमेशा स्टूडेंट की तरह देखती थी। मैं सुबह आठ बजे कोचिंग आती थी और शाम को आठ बजे घर जाती थी। दिन भर खाना-पीना भी वहीं होता था। हम तीनों साथ खाते-पीते और बातें करते थे। स्टूडेंट्स पढ़ने आते थे, जाते थे, पर वह मुझे कहीं जाने ही नहीं देते थे।'

'तुझे कभी अजीब नहीं लगा?'

'मुझे बहुत अजीब लगता था पर इसमें क्या अजीब है, मैं कभी पकड़ नहीं पाई। UPSC की तैयारी करवाते समय रुबिन सर एक बैच को प्लेटो की थ्योरी पढ़ाते थे। मैं वहीं बैठी रहती थी, मैंने जब इस थ्योरी को पहली बार सुना, तो यह मेरे भीतर उतर गई। बाद में मैंने कई बार सुना और इस थ्योरी को अच्छी तरह समझने की कोशिश की...'

हया उसका चेहरा देखती रही...

'प्लेटो कहते थे, हम जिस दुनिया में रहते हैं और जिसे 'रियल' समझते हैं, वह 'इल्यूज़न' है। इसके बरक्स एक और रियल्म है, जहाँ हर चीज़ का आइडियल फ़ॉर्म मौजूद है। उस दुनिया को हम अपनी आँखों से नहीं देख सकते पर उस इंटेलिजेंट वर्ल्ड को फ़ील कर सकते हैं। उस दुनिया में हर चीज़ का एक परफ़ेक्ट फ़ॉर्म है। न्याय का, दोस्ती का, प्यार का, ब्यूटी का। सेन्स, परसेप्शन की वह दुनिया हमारी इस दुनिया से भी रियल है, हमारी दुनिया एक परछाई की तरह है, असली दुनिया वहां है 'द वर्ल्ड ऑफ़ आइडियाज़।'

वहाँ आइडियाज़ और फ़ॉर्म अस्तित्व में रहते हैं। यह संसार उस इंटेलिजेंट वर्ल्ड की इंकम्प्लीट कॉपी है। इस दिखती दुनिया की हर चीज़ बदलती है, ख़त्म हो जाती है। जो लोग कहते हैं, हम एक-दूसरे से बहुत प्यार करते हैं, वह भी एक दिन ख़त्म हो जाता है पर जो 'वर्ल्ड ऑफ़ आइडियाज़' है, 'वर्ल्ड ऑफ़ फ़ॉर्म' है, वहां कुछ नहीं बदलता। वहां सब कुछ परफेक्ट है। वहां फूल कभी नहीं मुरझाता। प्लेटो का एक प्रसिद्ध वाक्य है... 'All is flux, nothing stays still.'

वह कहते थे, हम किसी चीज़ पर काम करना चाहते हैं, तो हमारे दिमाग़ में उसकी एक आइडियल फ़ॉर्म होनी चाहिए। अगर आप किसी से दोस्ती या प्यार करते हैं, तो उसकी भी एक आइडियल फ़ॉर्म होनी चाहिए। फ़ॉर्म आपको बताता है कि आप जो कर रहे हो, उससे बेहतर कैसे कर सकते हो?'

'मैं समझी नहीं...' हया उठकर बैठ गई।

'वह जानते थे कि लोग नहीं समझेंगे, तो उन्होंने एक 'एलगरी ऑफ़ केव' बनाई... समझना ध्यान से...

एक गुफ़ा में कुछ बंदी हैं। ये अपने जन्म से ही बंदी हैं, हाथ-पैरों में बेड़ियाँ हैं। ये अपना सिर तक नहीं हिला सकते। ये सिर्फ और सिर्फ अपने सामने मौजूद दीवार को देख सकते हैं। इस केव के एक कोने में आग जल रही है। आग से निकलने वाली रौशनी बहुत डिम है। बीच में बने एक संकरे रास्ते से कुछ लोग आ-जा रहे हैं, ज़िनके हाथ में अलग-अलग ऑब्जेक्ट्स हैं, जिनका एक शेडो दीवार पर बनता है। बंदियों के पास देखने के लिए सिर्फ यही है और वे इन्हीं परछाइयों को रियल मानते हैं। उनमें से आप एक बंदी को खोल दें और फ़ोर्सफुली बाहर भेजें, तो पहले तो सूरज की रौशनी में उसकी आंखें चौंधिया जाएंगी फिर अभी तक जिन चीज़ों की वह शैडो देख रहा था, उनको हक़ीक़त में देखेगा, रियलिटी और

इल्यूज़न का फ़र्क़ जानेगा। अब अगर आकर इन बंदियों को सब बताएगा, तो वे यकीन नहीं करेंगे।

प्लेटो कहते हैं, सच जानने के लिए पहले तो तुम्हें केव से बाहर आने की पीड़ा से गुज़रना होगा, दूसरे लोगों को समझाना भी बड़े जोख़िम का काम है क्योंकि लोग अपने सच से सिर्फ भागते ही नहीं हैं, वे अपने झूठ की निगरानी भी करते हैं। लोगों को अपने भ्रम और इग्नोरेंस अच्छे लगते हैं। ये बेड़ियाँ उनका बिलीफ़ सिस्टम हैं। उनका कम्फर्ट ज़ोन है। बताकर उसने केव में बंधे लोगों के बिलीफ़ सिस्टम को चैलेन्ज कर दिया है। शुरू में तो वे उसे इग्नोर करेंगे पर अगर वह बार-बार बताता रहेगा, तो वे सब मिलकर उसे मार देंगे, जैसे एथेंस के लोगों ने और एथेंस की डेमोक्रेसी ने मिलकर सुकरात को मार दिया था।' काया सांस लेने के लिए रुकी। वे दोनों सिर्फ एक-दूसरे को देख और सुन रही हैं ...

'ये तो रहा केव वाला एग्ज़ाम्पल, जिसे तुम इस दुनिया से रिलेट कर सकती हो। मुझे भी लगता है, हम जैसों को कोई नहीं समझेगा और हमें इग्नोर किया जाएगा या मार दिया जाएगा।'

'मार दिया जाएगा? यह क्या बकवास है?'

'मारना सिर्फ जान से नहीं होता मेरी जान। उससे बहुत बेहतर कहो या वर्स्ट तरीके ईजाद कर लिए गए हैं, हमको पता ही नहीं हम किन-किन हाथों से मारे जा रहे हैं... साइलेंटली?'

'तो तू क्यों नहीं बताती रियलिटी और इल्यूज़न का फ़र्क़?'

'और लोग मेरी बात पर यकीन करेंगे? मैं बाहर की बात बताऊंगी, तो हर कोई यकीन करेगा पर जब मैं उस दुनिया की बात बताऊंगी, जो मेरे भीतर है, कोई नहीं मानेगा और हम सबका यही है। कोई यह जानना नहीं चाहता कि हम कैसी दुनिया चाहते हैं अपने लिए? उन्हें लगता है, जैसी दुनिया उन्होंने बनाई है, परफेक्ट है पर हमें तो वह दुनिया चाहिए, जो हमारे भीतर है, जो कभी नष्ट नहीं होगी। जब मैं दोस्ती भी करूंगी, तो उसकी असल फ़ॉर्म मेरे भीतर मौजूद है। जब मैं प्रेम की बात करूंगी, तो उसकी असल फ़ॉर्म मेरे भीतर मौजूद है पर इससे किसी को क्या?'

थोड़ी देर के लिए दोनों चुप हो गए।

विश्वासघात

पता नहीं हया इससे कितना कनेक्ट कर पाई और बहुत संभव है न कर पाई हो क्योंकि उसने एकदम अलग सवाल पूछ लिया था,

'और रुबिन सर से तू पढ़ती रही?' काया कुछ क्षण उसका चेहरा देखती रही। यह 'वर्ल्ड ऑफ़ आइडियाज़' न भी समझे, पर इसके पास एक आइडियल फ़ॉर्म है दोस्ती की और यह काफ़ी है।

'नहीं, आख़िर मुझे लगने लगा कि कुछ ठीक नहीं है, तो मैंने कॉलेज का बहाना बनाया और कोचिंग जाना छोड़ दिया। कुछ दिनों बाद रुबिन सर ने मुझे कहलवाया कि अगर मैं नहीं आ सकती, तो वह मुझे मेरे रूम में ही आकर पढ़ा देंगे और दूसरे ही दिन से वह रूम में आने लगे। मैंने कुछ नहीं कहा क्योंकि कोचिंग मेरी सख्त ज़रूरत भी थी। मैं वहां इसीलिए थी कि मुझे एग्ज़ाम निकालना था। कोई बहाना मेरी मदद नहीं कर सकता था। मैंने सोचा, रूम में सारा भी रहेगी, तो रुबिन सर को झेलना आसान हो जाएगा। एक रूम में मुझे रुबिन सर पढ़ाते थे और दूसरे में सारा अपना पढ़ती थी। हफ़्ता भर गुज़रा भी न था कि जाने कब उनकी दोस्ती सारा से हो गई। एक दिन मुझे पढ़ाने के बाद उन्होंने कहा कि मैं कॉलेज के लिए निकलूं, सारा को भी उनकी हेल्प की ज़रूरत है, वह सारा को पढ़ाकर घंटे भर में निकल जाएंगे।'

'इडियट... तुझे शक नहीं हुआ?'

'बाय गॉड, मुझे इसमें कुछ भी एबनॉर्मल नहीं लगा। मैंने सोचा, सारा को पढ़ाना तो बहुत ही ज़रूरी है। उसे ज़रूरत भी ज़्यादा है, UPSC निकालना कोई मामूली बात है? मैं ख़ुशी-ख़ुशी कॉलेज के लिए निकल जाती। इस सबको लगभग दो महीने हो रहे थे। मुझे कुछ पता ही नहीं चला। एक बार मेरे लैपटॉप पर सारा का व्हाट्सऐप खुला रह गया था। जैसे ही उसे समझ में आया उसने मुझसे लैपटॉप

छीन लिया। मुझे शक़ तो हुआ पर सारा ने बड़ी चतुराई से बात को कोई और ही रंग दे दिया।

फिर एक दिन मैं कॉलेज से कुछ जल्दी लौट आई। मुझे मेरे रूम पर कुछ काम था। हमारा रूम ऊपर था और जनरली वहां कोई नहीं जाता था। मकान मालकिन नीचे रहती थी। दरवाज़ा बंद था और मैंने यों ही खिड़की पर लटक रहे परदे को हटाकर भीतर झाँका तो सकते में आ गई। रुबिन सर और सारा बिस्तर पर थे... एक दूसरे की बाँहों में... एक-दूसरे को पागलों की तरह चूमते और प्यार करते... इतना वहशी प्यार मैं पहली बार देख रही थी। किसी बात का होश नहीं था दोनों को। मैं बहुत देर न देख सकी... मेरा जिस्म सुन्न हो गया और मैं लड़खड़ाती वहीं सीढ़ियों पर बैठ गई। मेरा सिर घूम रहा था। बहुत देर उसी तरह बैठे रहने के बाद मैंने दरवाज़ा खटखटाया। भीतर से कुछ उठा-पटक की आवाज़ें आतीं रहीं और काफ़ी देर के बाद जब दरवाज़ा खुला, तो बेशर्मी से मुस्कराते रुबिन सर दरवाज़े पर खड़े थे। उनके चेहरे पर कुछ पा लेने का सुकून था। उन्हें इससे कोई फ़र्क़ नहीं पड़ा कि दरवाज़े पर मैं थी। बल्कि वह मुझे यह कहते-से लगे... तुम नहीं, कोई और सही। मैं समझ गई, यह बहुत वक़्त से चल रहा है। मैं गुस्से से कांपती हुई उन्हें देख रही थी...

'एक आप घर में छोड़ कर आए हैं प्रिया दीदी, दूसरा आपने मुझे फंसाने की कोशिश की और तीसरी सारा के साथ आप मज़े कर रहे हैं। आपको एक बार में कितनी चाहिए होती हैं सर?'

रुबिन सर ने जिस तरह मुझे देखा, मैंने गुस्से से उन्हें पीछे धकेला अंदर आ गई। बिस्तर पर लेटी पसीने से तर-बतर मुस्कराती हुई सारा बड़ी दिलचस्पी से हमारी तरफ़ देख रही थी... जैसे यह कोई ड्रामा हो और वह चीफ़ गेस्ट। उसने ऊपर सिर्फ एक टी-शर्ट डाल रखी थी। मैं गुस्से में भी थी, हैरान भी, दुखी भी। हालांकि मामला उन दोनों के बीच का था।

'तुझे फंसाना? मैंने तुझसे कब कहा कि मैं तुझसे प्यार करता हूं?' रुबिन सर ने जैसे मेरी खिल्ली उड़ाने वाले अंदाज़ में कहा।

'और वह क्या था? जब तक तू ब्रेकफास्ट नहीं खाएगी, मैं भी नहीं खाऊंगा। तू चिंता मत कर, मैं हूं न। जब तक तेरा सिलेक्शन नहीं हो जाता, मैं भी चैन से नहीं बैठूँगा। तेरी ज़िंदगी भर की ज़िम्मेदारी मेरी है। मैं हर हाल में तेरा सिलेक्शन करवाऊंगा।'

'झूठ मत बोल। मैंने ऐसा कभी नहीं कहा। मैं तेरा सिर्फ़ टीचर हूं। और तुझे सिर्फ़ पढ़ना है, तो मैं अब भी पढ़ा सकता हूं।'

मैंने गुस्से से कांपते हुए सारा की तरफ़ देखा... तो उसने तुरंत कहा,

'घूरो मत माय डिअर। दिस इज़ माय लाइफ़। अपने आपको इस मैटर से दूर रखो। रुबिन, यू गो।'

रुबिन सर ने अपने कपड़े और बाल ठीक किए और कमरे से निकल गए। मैं लुटी-पिटी सी अपना बैग कंधों पर लिए खड़ी रह गई। सारा ने चादर अपने सिर तक खींची और सो गई। मुझे बिलकुल समझ में नहीं आ रहा था कि मैं चीज़ों को कैसे हैंडिल करूँ? किन लफ़्ज़ों में सारा को समझाऊँ कि वह मेरी बात का यकीन कर ले, इसी वक़्त मुझे प्लेटो बहुत याद आए। मैं समझ गई, सारा नहीं समझेगी। वह समझना चाहेगी भी नहीं क्योंकि जो हो रहा है, सारा की मर्ज़ी से ही हो रहा है। उसे शायद अपनी पढ़ाई से होने वाली बोरियत दूर करने को कोई चाहिए और अब उसका मुझसे मन भर गया था। मैं कमरे से बाहर आ गई और बहुत देर तक सड़कों पर भटकती रही।'

हया ख़ामोशी से उसे देखे जा रही है। काया ने न उसकी आँखों में देखने की कोशिश की, न उसका चेहरा पढ़ने की। वह उसकी सोचों से दूर अपने माज़ी में गुम थी...

'फिर ये कि अब तक जो काम चोरी-छिपे हो रहा था, सरेआम होने लगा। अब मेरे रूम में ही मुझे जगह नहीं मिलती थी। जब भी आती, वे दोनों पहले से ही मौजूद होते। घंटे भर भूखी-प्यासी मैं सीढ़ियों पर ही बैठी रहती। कभी-कभी उठकर नीचे चली जाती। मैं उनको फ़ेस भी नहीं करना चाहती थी। कोशिश करती थी कि ज़्यादातर वक़्त बाहर रहूँ पर कितनी देर? एक तो वैसे ही घर से बाहर रह रही थी, और कितना बाहर रहूँ? सारा ने मुझे मेरे सारे दोस्तों से अलग कर दिया था। यहाँ तक कि जो हॉस्टल में मेरी रूममेट थी, मेरा उससे भी कोई कनेक्शन नहीं रहा था। अब मेरा कोई दोस्त नहीं था। मैं ऐसे ही आवारा घूमती थी अकेली... भूखी-प्यासी। कहाँ जाना है, क्या खाना है, कुछ अता-पता ही नहीं होता था। कई बार ऐसा भी होता कि शाम होते ही सारा रुबिन सर के साथ ग़ायब हो जाती और रात का डिनर करके ही लौटती। इसके पहले हम साथ बनाते-खाते थे। मैं सब्ज़ी बनाती, तो वह रोटी बना देती थी। मैं पागल अब भी उसके इंतज़ार में भूखी बैठी रहती और उसके आने पर कुछ पूछती, तो वह मुझ पर बरसने लगती...

'तुममें इतनी अक्ल नहीं है कि बनाकर खा लो। हज़ार बार कहा है कि मेरा इंतज़ार मत किया करो। मुझे औरतों वाली हरकतें करतीं लड़कियां बिलकुल अच्छी नहीं लगतीं।' चीज़ें बद से बदतर होती चली गई थीं। लड़ाइयां लगभग रोज़ होने लगीं। मैं न हॉस्टल वापस जा सकती थी, न एक और रूम लेना अफ़ोर्ड कर सकती थी। आख़िर जैसे-तैसे मेरा ग्रेजुएशन हो गया। जिस दिन मेरा आख़िरी पेपर था, पेपर देकर रूम पर आई। जितनी चीज़ें आ सकती थीं, एक बैग में डालीं और किसी को बिना बताए कमरा हमेशा के लिए छोड़ दिया। इस बीच मैंने कई बार प्रिया दीदी को बताने की कोशिश भी की कि रुबिन सर और सारा के बीच चल क्या रहा है पर उन्होंने कभी मुझे सीरियसली नहीं लिया। वह मुझे ही ग़लत समझती रहीं कि मेरी ही नीयत ख़राब है और मैं इल्ज़ाम सारा पर डाल रही हूं।

किसी तरह थोड़े दिनों के लिए मुझे एक नया ठिकाना मिल गया था। इसके बाद तो मैं वापस घर जाने का सोच रही थी। सारा ने फिर बुलाना चाहा क्योंकि उसे रूममेट की ज़रूरत थी। रुबिन सर के साथ तो रह नहीं सकती थी। उस रिश्ते को भी एक आड़ की ज़रूरत थी पर मैंने उसका फ़ोन उठाना बंद कर दिया। इधर प्रिया दीदी मुझे अक्सर फ़ोन कर-करके रोती थीं कि रुबिन और सारा उसके साथ बहुत ग़लत कर रहे हैं। वे उसे बिना बताए दो दिन के लिए भोपाल चले गए और फिर जबलपुर भेडाघाट भी हो आए। इन्हें कैसे रोकें? मैंने उनसे कहा, दीदी, मैंने आपका बहुत साथ दिया, आपके लिए लड़ी भी पर आपने मेरी बात पर कभी गौर नहीं किया, उल्टे मुझे ही ग़लत साबित करती रहीं। अब मैं कुछ नहीं कर सकती। बस फिर मैं तो लौट आई थी।'

'और आख़िर सारा का क्या हुआ?'

'रुबिन सर ने कुछ महीनों में ही उसे छोड़ दिया था। बाद में सारा की भी शादी हो गई। फिर अपने पति के साथ भी उसका तलाक हो गया। अब सोचती हूं, तो मुझे उस पर तरस ही आता है।'

'तरस आता है... क्यों?'

'सारा की लाइफ़ बहुत अजीब रही है। सारा के सगे भाई ने बचपन में उसका रेप कर दिया था, तब सारा छः-सात साल की थी और भाई था इलेवंथ में और जब ये तीन-चार बार हो गया, तो वह अपने भाई से बहुत डरने लगी थी। अपने ही घर में उसे लगता था कि वह सेफ़ नहीं है। वह भाई से दूर भागती रहती थी। उसके

मम्मी-पापा उसको डांटते थे कि अपने भाई से इतना लड़ती क्यों है? उसको गालियाँ क्यों देती है और उससे इतना दूर क्यों भागती है? घरवालों को कभी समझ में नहीं आया और सारा कभी कह नहीं पाई। सारा को घर से कोई सपोर्ट नहीं मिला, घरवाले उसे दबाते थे, तो उसने बाहर वालों से भी वही सुलूक किया।'

'ये भाईवाली बात तुझे कैसे पता चली?'

'एक बार उसका भाई रूम पर ही उससे मिलने आया था, उसका समाचार लेने कि कैसा क्या चल रहा है? सारा ने मेरे सामने ही अपने भाई से कहा था, बचपन में जो तूने मेरे साथ किया, वह मैं कभी नहीं भूल सकती। भाई पर जैसे इसका कोई असर ही नहीं था। कमाल की बात तो यह थी कि सारा की वह बहिन, जिसका रेप हुआ था, वह भी अपने भाई का साथ देती थी और दोनों मिलकर उससे बहुत लड़ते थे। सारा ने एक और बात भी मुझे बताई थी। वह जब बंगलौर में जॉब करती थी, तब उसने एक लड़के से प्रेम किया था। उसके लिए वह बहुत लॉयल थी और उससे शादी करना चाहती थी पर घरवालों ने साफ़ इंकार कर दिया। तब से वह टूट गई थी।

वह कभी अपने घर जाती ही नहीं थी। छुट्टियों में मैं अपने घर ले आती थी यह सोचकर कि अकेली कैसे रहेगी, हालांकि मम्मी को यह सब अच्छा नहीं लगता था पर मैंने इसकी कभी परवाह नहीं की। यह मुझे बाद में समझ में आया कि वह दूसरों का सिर्फ इस्तेमाल करती थी। कहती भी थी कि जब मैं IAS बनूँगी, तो सबको उनकी औकात याद दिला दूंगी। IAS तो वह बन नहीं पाई पर चार बार उसका PSC सलेक्शन हुआ और चार बार उसने इन्टरव्यू फ़ेस किया पर इन्टरव्यू नहीं निकाल पाई।'

'अब कहाँ है?'

'पता नहीं। अब वह मेरे संपर्क में नहीं है।'

'चाय के लिए बाहर आ जाओ...' मम्मी बाहर से आवाज़ देती हैं।

दोनों चुप एक-दूसरे को देखती रहती हैं...

'हया, कभी बहुत मन करता है, मां से बात करूँ, उन्हें बताऊँ कि मुझे लड़के अच्छे नहीं लगते, कि मेरे लिए मत ढूंढो किसी को। मुझे कोई लड़का नहीं चाहिए।

पर उनके न समझने का यकीन इतना गहरा है कि कुछ कह ही नहीं पाई कभी। जब उन्हें पता चलेगा, वह टूट जाएंगी। उन्हें दुख देकर मैं भी सुखी नहीं रह पाऊँगी यार, वह अच्छी मां नहीं बन सकीं पर मैं भी तो अच्छी बेटी नहीं बन सकी। आय जस्ट लव हर।' काया का गला एकाएक बेतरह भर आया।

हया ने उसे खींचकर गले लगा लिया...

'पर बात नोरा से शुरू हुई थी...' उठते-उठते हया ने याद दिलाया।

'हां, चाय के बाद...नहीं तो मम्मी अंदर आ जाएगी'

कुछ सुंदर सपने

आहना की शादी हो रही है और काया इतने सारे कामों में बिज़ी हो गई है कि घर सिर्फ सोने आती है। एक तो पड़ोस का मामला, दूसरे दोस्ती और फिर ऐसी दोस्ती, जिसे पूरी सोसायटी जानती है। क्या नहीं जानती वह आहना के बारे में? उसकी पसंद-नापसंद से लेकर उसके बाहर-भीतर की हर बात। हम किसी को पूरा जानने के फेर में ज़िंदगी के कितने बरस ख़र्च कर देते हैं। अंत में वह हमें यह कहता हुआ ही जाता है कि तुम मुझे नहीं समझ पाए। आहना की मम्मी उसे सांस भी नहीं लेने देतीं... टेलर के पास जाओ... पैकिंग अभी पूरी नहीं हुई है... रिसेप्शन की ड्रेस प्रेस होकर नहीं आई है... हल्दी में उसे डांस करना है... कोरियोग्राफ़र के साथ बने रहना है... वगैरह-वगैरह। तमाम काम करते हुए उसके चेहरे पर एक चौड़ी मुस्कान बनी हुई है... लोग हँसते हुए उसे काम करते देख रहे हैं... लोग हमेशा वही देखते हैं, जो देखना चाहते हैं। लोगों को हमेशा दोस्तों से बहुत ज़्यादा उम्मीद होती है, उन दोस्तों से, जिन्हें वे अब तक संदेह और उपेक्षा से देखते आए थे, जिन्हें उन्होंने आज तक टाइम पास ही समझा था...

पांच दिन के कार्यक्रमों ने उसे थका दिया है। मालू से भी अच्छी तरह बात नहीं हो पा रही। वह जब भी मैसेज करती है, वह कहीं-न-कहीं फंसी हुई ही रहती है।

'अब उसे विदा करने के बाद ही मुझे कॉल करना।' आख़िर झल्लाकर मालू ने उसे मैसेज किया। उसे हंसी आ गई। कैसे बताए कि सिर्फ मालू के होने से वह इतने बड़े ट्रॉमा में जाने से बच गई, नहीं तो आहना की शादी का अर्थ होता काया की बर्बादी। अब भी दुःख तो है पर पिघल कर बह नहीं रहा, ठोस पत्थर के टुकड़े की तरह भीतर पड़ा है। पड़ा रहे, न जाने कितनी चीज़ें तो भीतर के कबाड़ में पड़ी हैं, एक यह भी सही।

आख़िर आहना चली गई। शादी की तमाम रस्मों के दौरान किसी-किसी क्षण उसे लगता भी रहा कि आहना की आँखें उसे ढूंढ रही हैं... वह अकेले में कुछ

बात करना चाहती है पर काया ने उसे वह मौका दिया ही नहीं। भीतर इतनी टूट-फूट हो गई है कि बाहर उसने एक बड़ी-सी स्माइली चिपका रखी है। हमेशा बहुत लड़ी है आहना उससे, जब भी उसे मौका मिलता, वह उसे ख़ूब सुनाती। जाते-जाते भी उससे लड़कर ही गई है। उसने अपना लैपटॉप काया को संभाल कर रखने कहा था कि जाते वक़्त वह लैपटॉप उसे हाथ में दे दे। इतनी-सी बात काया के दिमाग से निकल गई और उसने लैपटॉप बैग दहेज के सामानों के साथ संभलवाकर रखवा दिया। ऐन वक़्त पर आहना भड़क गई कि मेरा लैपटॉप कहाँ रख दिया? आख़िर दहेज़ का सारा सामान खंगालना पड़ा, तब कहीं जाकर लैपटॉप मिला।

दिल टूट गया काया का। वह जाते हुए सबसे गले मिलकर रो रही थी, काया ओट में जाकर खड़ी हो गई... अब तुम जाओ। जो ज़िंदगी से चले जाते हैं, उन्हें लगातार देखना भी एक तकलीफ़ है पर आहना ने उसे खोज लिया था, एकदम से आई और उसके गले लगकर रोने लगी। उस दुल्हन को अपनी बांहों में लिए उसका रुदन सुनना काफ़ी तकलीफ़देह था काया के लिए। उसने बहुत धीरे से अपना आप छुड़ाया, तो आहना ने चुपके से उसके कान में कहा...

'मैंने तुझे बहुत चाहा है ख़रगोश, मैं तुझे हमेशा 'मिस' करूँगी।'

काया ने कोई जवाब नहीं दिया। अलग-अलग वक़्तों पर उसने इतनी सारी बातें सुनी हैं कि समझ ही नहीं आता, सच क्या है? आहना को उसका नया जीवन बुला रहा था, वह चली गई।

वापस आकर वह बिस्तर पर गिर गई। हफ़्ते भर से ठीक से सोई नहीं है, ठीक से खाया नहीं है। जैसे मां से रूठा हुआ बच्चा घर नहीं आना चाहता, ख़ुद से रूठी हुई वह ख़ुद से ही दूर चली जाना चाहती है। उसने मोबाइल खोला... मालू के ख़ूब सारे मैसेज आए पड़े हैं, जिन्हें उसने सिर्फ सरसराते हुए पढ़ा था। काया की व्यस्तताओं ने उसे ख़ूब गुस्सा भी दिलाया, दोनों के बीच एक छोटी-सी लड़ाई भी हुई और मालू को समझना पड़ा कि जब तक आहना चली नहीं जाती, काया को छुटकारा नहीं मिल सकता। काया एक राह भटके बच्चे की तरह चौराहे पर खड़ी थी... उसने मोबाइल में मालू के मैसेज खोले...

'Life is tough but with you by my side I can breathe free and run wild. Never settle for less nor compare yourself with ex's. They are ex's for a reason and you are my present for the opposite reason. You are everything I have ever wanted in life. Khargosh, I'm sorry I mess with you. I'm sorry I drove you crazy. You deserve the best and I will try to be the best version of myself for you. I love you Khargosh. more than I tell you or even want to accept. Hold my hand and sleep well tonight.'

मैसेजेस की भरमार थी... वह पढ़ते-पढ़ते वापस अपने जिस्मानी घर आ गई और उन लफ़्ज़ों की गरमी में दुबक कर सो गई।

सुबह उठी, तो मालू के और ढेर सारे मैसेज आए पड़े थे...

My Dear,

I am so lucky that we get to continue this journey together. You took my breath away. I wanted to keep staring at you forever. My eyes couldn't get enough of you. My heart wanted more of you. You have captured my heart and my mind and filled me with the desire to want you even more. Khargosh, I have felt you yesterday even when you were so far from me. Keep smiling and spreading the same joy around you. I love you Khargosh.

I wish I could reach out to your heart and hold it.

उसने मुस्कराते हुए कई इमोजी भेज दीं।

'मैंने अपनी ज़िंदगी की ख़ुशियाँ दूसरों की ख़ुशी में ख़ुश रहने में ढूंढ ली हैं। मेरी क्रिसमस की छुट्टियाँ शुरू होने वाली हैं। हॉस्टल ख़ाली होता जा रहा है। सब जा रहे हैं। दस दिन। दस दिन क्या करूंगी? मेरा अपना घर होता, तो छुट्टियों में जाती न...' एक और मैसेज।

काया से कोई जवाब न बन पड़ा। उसका दिल भर आया।

'कोई बात नहीं ख़रगोश, सोचती हूं, दार्जिलिंग चली जाऊं अपनी कुलीग के साथ। उसी की फ़ैमिली से मिल आऊँगी।'

'होगा न। तुम्हारा घर... हमारा घर।' काया का जवाब।

'समटाइम्स आय कांट इमेजिन। आय कांट बिलीव।' एक सैड स्माइली।

'सपने देखो डियर। यह तो बेसिक राइट है हमारा। जीवन की ख़ुराक है। इसके बिना नहीं चलेगा।'

'तुम देखती हो?'

'यस'

'क्या?'

'जब मैं एग्ज़ाम निकाल लूंगी और मुझे एक जॉब मिल जाएगी तब मैं आऊँगी तुम्हारे पास। तब हम एक घर लेंगे। अपनी ज़िंदगी शुरू करेंगे और जब सेट हो जाएंगे एक बेबी गर्ल एडॉप्ट कर लेंगे। बस। इज़ दिस एन इम्पोसिबल ड्रीम?'

'तुम बस आ जाओ प्लीज़। बस आ जाओ। मुझे इससे ज़्यादा कुछ नहीं चाहिए।'

वंश की चिंता

वह बहुत दिनों से अवसर तलाश रही है कि मम्मी से बात करेगी। अब पानी सिर से गुज़र गया है। जबसे पापा रिटायर होकर घर बैठे हैं, बस शादी-शादी ही चल रहा है। जब भी सोसायटी में किसी लड़की की शादी होती है, उस पर प्रेशर बढ़ जाता है। आहना गई है शादी करके तो उस पर शिकंजा और कस गया है। अट्ठाइसवाँ चल रहा है और कब तक छाती पर चढ़कर बैठी रहेगी, टाइप। सोसायटी की हर ऐरी-गैरी नत्थू खैरी माँ को आकर दो-चार बायोडाटा थमा देती है। एक से एक नालायक लड़के। हज़ारों बार कह चुकी है कि वह शादी में इन्ट्रेस्टेड नहीं है पर सुनता कौन है?

इधर कोविड की वजह से एग्ज़ाम की डेट भी नहीं आ रही और डेट आ भी जाए, तो घर में रहकर पढ़ाई हो भी कहाँ पाती है? कभी-कभी वह उस दिन को कोसती है, जब वह इंदौर में लगी-लगाई जॉब छोड़कर आगे के कॉम्पटीशन की तैयारी के लिए घर आ गई थी, सोचकर कि घर में कमज़कम सुकून है। हर चीज़ के लिए सिर नहीं मारना पड़ता पर घर में दूसरे किस्म की प्रॉब्लम्स हैं। वह तो मम्मी-पापा की लड़ाइयां देख-देख कर हैरान है, जिनका मुख्य मक़सद बच्चों को कहीं भी, कैसे भी सेट करना है। आख़िर ये हमें हमारे हाल पर छोड़ क्यों नहीं देते?

उधर मालू उसका दिमाग खा रही है कि जॉब छोड़कर घर बैठोगी, तो गाली नहीं तो क्या खाओगी? मुझे देखो, सारी पढ़ाई जॉब करते हुए ही की है। इतनी बड़ी हो गई हो, मां-बाप के सिर पर पड़ी हो, तो और क्या उम्मीद करती हो? अरे, घर से निकलो। वापस इंदौर या दिल्ली जाओ या मेरे पास आ जाओ कोलकाता। जॉब भी करना, पढ़ाई भी। करियर भी मैनेज हो जाएगा, जीवन भी। सेट होते ही शादी कर लेंगे, फिर वापस कहाँ जाना है? फिर तो आगे ही जाना है। अगर तुम अपने लिए नहीं चुनोगी, तो वे चुनेंगे तुम्हारे लिए। कन्फ्यूज़न बेहिसाब है, कन्क्लूज़न भी बेहिसाब हैं।

आहना की शादी के बाद वह चार लड़के रिजेक्ट कर चुकी है और अब पांचवें की फ़ोटो दिखाकर मम्मी जान खाए जा रही हैं...

'मम्मी मुझे बार-बार लड़कों की फ़ोटो दिखाना बंद करो। किसी दिन मुझे आप चैन से पढ़ने नहीं देतीं। मैं आपको कितनी बार कह चुकी हूं मुझे शादी नहीं करनी, तो आपको समझ क्यों नहीं आ रहा?' एक दिन वह भड़क ही उठी थी।

'शादी नहीं करेगी, तो क्या करेगी? अरे, अब जा, हमारा पिण्ड छोड़। हम थक गए हैं। कोई एग्ज़ाम तुझसे निकलता नहीं और निकलेगा भी नहीं। पढाई को बहाना बनाए बैठी है।' मम्मी तो जैसे जन्मों की जली बैठी हैं। इस पर भी दोहरी मार है, क्या करे?

'नहीं बैठी हूं पढ़ाई को बहाना बनाकर। मुझे ख़ुद यहाँ से निकलना है। मैं भी थक गई हूं आप लोगों की शकल देख-देखकर और अब तो मैं जॉब भी सर्च कर रही हूं। मिलते ही चली जाऊंगी और फिर वापस कभी नहीं आऊँगी।'

'अब तू कहीं नहीं जाएगी। मैंने और तेरे पापा ने एक लड़का देख लिया है। अब तुझे शादी कराके ही भेजेंगे।'

'लड़का देख लिया है? किस ज़माने में रह रही हो मम्मी? मैं क्या कोई भेड़-बकरी हूं, जो किसी के भी साथ बाँध दोगी। अरे मुझे लड़के पसंद ही नहीं हैं...'

'लड़के नहीं पसंद, तो क्या लड़कियां पसंद हैं? शादी तो...'

'हां मुझे लड़कियां पसंद हैं... सुन लो मम्मी... मुझे लड़कियां पसंद हैं।'

'बकवास बंद कर। शादी तो लड़कों से ही...' एकाएक मम्मी रुक गई। अविश्वास से उसकी तरफ़ देखा...

'तू क्या कहना चाहती है?'

'यही कि मुझे लड़कियां पसंद हैं। मैं किसी लड़की से ही शादी करूँगी।' वह सीधे यह नहीं कहना चाहती थी पर जाने कैसे उसके मुंह से निकल गया।

'लड़की से शादी? तू पागल हो गई है क्या? ये जो इतनी लड़कियों से मेल-जोल है तेरा, उन्हीं ने तुझे कोई पट्टी पढ़ाई है। कभी लड़की से लड़की की शादी होती है? वंश कैसे चलेगा?'

'वंश नहीं चलाना मम्मी। जीवन चलाना है। तुम चला तो रही हो वंश। दिन भर रोती हो...'

'मुझे लगता तो था कि तू किसी ग़लत रास्ते पर है पर तू इतनी दूर चली जाएगी, मैंने सोचा भी नहीं था। तेरे को अगर कोई ग़लतफ़हमी है तो दूर कर ले। अपने पापा को नहीं जानती। फ़ौज से रिटायर हुए हैं पर जीते उसी तरह हैं। तुझे मरवा कर फिंकवा देंगे, तो किसी को पता तक नहीं चलेगा। तू तो जाएगी ही, मैं भी जाऊँगी।' वह इतनी आतंकित हो गई हैं कि रो भी नहीं पा रहीं।

'आप मेरी नहीं, अपनी फ़िक्र करें मम्मी। मैं बहुत जल्दी यहाँ से चली जाऊँगी।'

'कहाँ जाएगी? उन्ही नामुराद लड़कियों के पास... वे भी तेरे जैसी हैं न? इसीलिए कहते हैं, लड़कियों को नहीं पढ़ाना चाहिए। घर बर्बाद हो जाता है।'

'जिस घर में आप रहती हैं... आपको क्या लगता है वो आबाद है? एक भी बंदा ख़ुश है यहाँ?' काया का इतना कहना था कि मम्मी का हाथ उसके गाल पर आ पड़ा।

यह तो होना ही था। वह थोड़े गुस्से से उन्हें देखती रही। काया को उन पर तरस भी आ रहा था। जानती है, जो क़दम उठाने जा रही है, उसकी कीमत मम्मी को ही चुकानी पड़ेगी। उसके बाद पापा जो हाल करेंगे उनका। कितना अजीब है न, बच्चे अच्छे समझे जाएं, तो क्रेडिट पिता ले जाता है, बिगड़े समझे जाएं, तो मां दोषी।

'एक बात बताओ... तुम दो लड़कियां मिलकर क्या करती हो? क्या करती हो?' मम्मी ने उसकी दोनों बाहें पकड़ कर उसे झिंझोड़ दिया।

'वही जो आप समझती हो... वही जो एक स्त्री-पुरुष करते हैं।' काया ने भी ठंडे स्वर में कहा। अब बात इतनी आगे बढ़ ही गई है, तो सब कुछ क्लियर हो जाए। कौन जाने, एकाध दिन में उसे भागना ही पड़ जाए।

'काया, मुझे विश्वास नहीं होता कि तू मेरी बेटी है। तू ऐसा नहीं कर सकती। मैं तुझे कभी ऐसा करने नहीं दूंगी।' गुस्से और आवेश में उनका स्वर लड़खड़ाने लगा।

काया ने कोई जवाब नहीं दिया। उसकी चुप ही हर बात का जवाब है।

'अपने कमरे में जा और तुझे कसम है मेरी जो घर से बाहर भी निकली। एक-दो दिन में गाँव से मेहमान आने वाले हैं। कोई तमाशा नहीं होना चाहिए। उनके जाने के बाद हम बात करेंगे।'

काया ने पूछना भी नहीं चाहा, कौन से मेहमान? उसका ध्यान अपनी आगे की तैयारियों पर है। इंदौर और दिल्ली में उसने कई जगह ऑन लाइन एप्लीकेशन भेज दी हैं। दोस्तों को भी कह दिया है। मालू ने तो कोलकाता में ही कहीं बात कर रखी है। उसका कहना है, रहने की कोई समस्या नहीं है, अभी तो वह गर्ल्स हॉस्टल में रह रही है पर जल्द ही अपना कमरा ले लेगी। वह बस आ जाए। वे एक नई ज़िंदगी शुरू करेंगी। पर काया अभी वहां नहीं जाना चाहती। वह पहले कुछ बन जाना चाहती है। अभी तो वह अपनी निगाह में ही ख़ुद को बहुत छोटा फ़ील कर रही है। आख़िर सब कुछ मालू ही क्यों करे?

वह भागती हुई सीढ़ियाँ चढ़कर ऊपर अपने कमरे में पहुंची। वह मालू को बताना चाहती है, उसने आज एक बड़ा काम कर दिया। मां को बता दिया।

ख़ून माफ़

दो दिन बाद तीन लड़के एक साथ ऑटो से उतरे। दो को तो वह थोड़ा-सा पहचान पाई। चार-पांच साल पहले जब मम्मी-पापा के साथ गाँव गई थी, तो इनसे मुलाक़ात हुई थी। दूर के रिश्तेदार हैं। याद भी इसलिए है कि उन्हीं ने काया को पूरा गाँव घुमाया था और अलस्सुबह नदी की तरफ़ ले गए थे। वे शहर जाना चाहते थे पढ़ने पर फिर गए या नहीं, काया को नहीं पता। वे शकल और अकल से भी ठेठ देहाती थे। तीसरा थोड़ा डीसेंट था, शहर में रहकर पढ़ रहा था। उनके आने पर मम्मी-पापा उन्हीं में व्यस्त हो गए।

पापा उनको इतना भाव दे रहे थे कि काया भी थोड़ी हैरान रह गई। पता नहीं यह उसका वहम था या क्या, इन दो दिनों घर में मुकम्मल शांति रही। शायद मम्मी समझ गई हैं कि बात उनके हाथ से निकल गई है पर क्या उन्होंने पापा को अभी तक नहीं बताया है? उसे तो इस बात का इंतज़ार था कि उसे कोर्ट में बुलाया जाएगा और सज़ा-ए-मौत सुनाई जाएगी। यह और बात है कि उसने जेल से भागने के सारे इंतज़ाम कर लिए हैं, आठ-दस दिन की बात है।

हाय-हलो हुई। रात का खाना हुआ। लड़के काफ़ी गंभीर नज़र आ रहे हैं। पापा भी उनसे मुख़्तसर-सी बात कर रहे हैं। मम्मी का मुंह बंद हैं। ज़ाहिर है, अपसेट होंगी।

उसे कमरे में आए दो घंटे हो गए हैं और वह लगातार मोबाइल में व्यस्त है। सारे दोस्तों से चैटिंग चल रही है, सभी उसे अपडेट दे रहे हैं कि कैसा, क्या होना चाहिए? मालू उसे लगातार कह रही है, सामान पैक कर और चली आ।

कमरे का दरवाज़ा किसी ने खटखटाया... वह थोड़ा चौंकी, मोबाइल बंद किया और खिड़की से पूछा, 'कौन है?'

'काया हम हैं। सोने जा रहे थे पर तेरे कमरे की लाइट जलती देखी, तो इधर आ गए। यह सुधीर है, परिचय तो हो ही गया है तेरा। इसे कुछ एग्ज़ाम के बारे में बात करनी है।'

उसने दरवाज़ा खोल दिया... वे अंदर आ गए...

'किस एग्ज़ाम की तैयारी कर रही हैं आप?' सुधीर ने बात शुरू की।

'NET ऐंड PSC ....' काया ने बताया।

'ज़्यादा हार्ड PSC होगा...'

'याह... उसमें तो मुझे भी डाउट है कि मैं निकाल पाऊँगी। इसका एग्ज़ाम फ़रवरी में है और इसको निकालने के लिए दो साल बहुत सीरियसली पढ़ना पड़ेगा। और NET की तो डेट भी अभी तक आई नहीं है। बस घर बैठकर पढ़ो और इंतज़ार करो।' काया ने बताया।

'और आप घर में रहकर नहीं पढ़ना चाहतीं?' सुधीर ने सीधे उसकी आँखों में देखते हुए कहा। वह चौंकी। तो यह मम्मी की कारस्तानी है।

'आपको इससे कोई मतलब नहीं होना चाहिए सुधीर जी। आप लोग अपने कमरे में जाएं। मुझे नींद आ रही है।' वह तुरंत उठकर खड़ी हो गई। उसने दरवाज़े की तरफ़ इशारा किया। वे तीनों उठे। दरवाज़े की तरफ़ बढ़े और एक ने एक झटके से दरवाज़ा बंद कर दिया।

इसके पहले कि उसके मुंह से कुछ निकलता, तीनों ने उसे घेर लिया। एकाएक वह आतंकित हो उठी। मेरे ही घर में? ख़ून उसके सिर चढ़ आया।

'क्या चाहते हो तुम लोग?'

'हम तुम्हें यह बताना चाहते हैं कि लड़के से सेक्स करने में क्या मज़ा है? क्या मिलता है? हमारे साथ करके देखो... कैसा मज़ा आता है? लड़कियों को भूल जाओगी।' सुधीर ने नकली मुस्कान चेहरे पर लाते हुए कहा। उसने उन दोनों को देखा। वे पत्थर की तरह दरवाज़े पर खड़े थे। क्या वह इतनी क्रूरता की हक़दार थी? और ये उसके मम्मी-पापा के गाइडेंस में हो रहा है?

'तुम लोग ये नहीं कर सकते। पापा को पता चलेगा, तो अभी के अभी तुम लोगों को गोली मार देंगे। पापा...' वह पूरी ताकत से चीखी ही कि एक ने उसके मुंह पर हाथ रख दिया।

'पापा नहीं आएँगे बचाने। पापा ने ही हमें बुलवाया है। मुझसे शादी करोगी? चलो बाद में बताना कि असली मज़ा कौन देता है? लड़का या लड़की?'

दो लड़कों ने उसे थाम लिया और तीसरे ने अपनी शर्ट उतार कर फेंक दी। उसने पूरी ताकत से अपने हाथ-पैर चलाने और चीखना शुरू किया पर चीखें विभिन्न हथेलियों तले दब कर दम तोड़ती रहीं। फायनली एक ने उसके दोनों हाथ, दूसरे ने दोनों पैर पकड़ उसे उसके बिस्तर पर पटक दिया और सुधीर ने वह किया जिसके लिए उसे बुलाया गया था।

वे सब उसके कमरे से चले गए हैं। वह पलंग पर लगभग बेहोश पड़ी है... अपने ही मवाद और खून से लिथड़ी। अपने बेटी होने की कीमत अदा करने के बाद...। बाहर सब कुछ चुप है। भीतर भी सब कुछ चुप है। रात चुप है, चाँद चुप है, तारे और आसमान चुप हैं। ऐसी घनघोर चुप्पी उसने आज तक नहीं जानी। देह चुप है। पीड़ा चुप है। देह के भीतर देह चुप है। उसने पहली बार जाना, मरना क्या होता है? मौत यही चुप है। बहुत कुछ एक साथ मर गया है, इतना कि उससे लाशें तक देखी नहीं जा रहीं। लाशें बाहर हों, तो उनसे भागा जा सकता है पर भीतर हों, तो कहाँ जाए भागकर, अब ये हमेशा पड़ी बदबू देती रहेंगीं...

उसने कराहते हुए करवट बदली... एक पीड़ा शूल की तरह नीचे के अंगों से उठी और वह बहुत ज़ोर से रो पड़ी... ओ मां, तू ये भी करा सकती है?

रोते-रोते पता नहीं कितना वक़्त हुआ है... वह उठी और घिसटते हुए बाथरूम में घुस गई। शावर की आवाज़ को धता बताता रुदन सातों आसमानों को फाड़ता जाने कहाँ पहुँच रहा है और जाने कोई उसे सुन भी रहा है या नहीं? वह बाथटब में पड़ी टांगों से चिपके मवाद और खून को जलती लाल आँखों से पानी में घुलते देख रही है। जो ट्रॉमा देह झेलती है, हम भूल भी जाएं, देह कभी नहीं भूलती। उसे सब याद रहता है। हम बाहर से उसे कितना भी रेशम पहना दें... भीतर वह खून से लिथड़ी उसी तरह पड़ी रहती है, जहाँ हमने उसे आख़िरी बार छोड़ा था।

बहुत देर बाद वह निकली, जब उसे बेतरह ठंड लगनी शुरू हो गई। उसने अपने आपको पोंछा और पीड़ा से कराहते कमरे में आकर कपड़े पहने। घड़ी देखी। चार बजने वाले हैं। मोबाइल खोल रेलवे इंक्वारी चेक करने लगी। गीतांजलि एक्सप्रेस पांच घंटे लेट चल रही है। उसने कांपते हाथों जितने कपड़े हाथ लगे, एक बैग में डालने शुरू किए, कुछ और सामान और सारी किताबें, एटीएम कार्ड, जिसमें शायद ही ज़्यादा रुपए हों... और उस अलस्सुबह के निंदियाए वक़्त में... जब सारा घर एक ओढ़ी हुई चुप तले सो रहा था... वह चुपके से हमेशा के लिए उस घर से निकल गई।

गीतांजलि एक्सप्रेस में जनरल कोच में विदाउट टिकट बैठी काया ने अपनी मां को मोबाइल से आख़िरी मैसेज भेजा...

मां,

बाप मर जाए, तो इतनी तकलीफ़ नहीं होती, जितनी मां के मरने पर होती है। आज मेरे लिए दोनों मर गए एक साथ। मैं हमेशा के लिए जा रही हूं। कहाँ, नहीं जानती। ख़ुद से मोहब्बत करते हुए तो जिया जा सकता है, ख़ुद से नफ़रत करते हुए नहीं। अगर आज ख़ुद को मरने से बचा ले गई, तो जीवन एक बार फिर शुरू कर सकूंगी, अपने प्रति प्यार और रिस्पेक्ट के साथ। आज जाना, दूसरे से प्रेम करना आसान है, ख़ुद से नहीं। हम अपनी तराज़ू पर बड़े हलके साबित होते हैं। कोशिश करूंगी कि तन कर खड़ी हो सकूं, ख़ुद से आँख मिला सकूं, अपने होने की अहमियत समझ सकूं। फिर जाऊँगी मालू के पास। तुम तो मालू को नहीं जानती न, तुम तो अपनी बेटी को भी नहीं जानती। जब वे मेरा रेप कर रहे थे, मैंने उसकी बांह कसकर पकड़ी हुई थी, जिसे उसके मां-बाप न बचा सके, उसे एक अनाथ लड़की ने बचा लिया। जो तुमने किया, उसके लिए तुम ख़ुद को शायद कभी माफ़ न कर पाओ पर जाओ अपना ख़ून मैं तुम्हें माफ़ करती हूं।

क्या तुम कभी ऐसे घर बना पाओगे, जहाँ हममें से कोई भी, किसी भी तरह का बच्चा प्रेम और सम्मान से रह सके? पता नहीं।

अलविदा

आपकी कोई नहीं

...

www.ingramcontent.com/pod-product-compliance
Lightning Source LLC
Chambersburg PA
CBHW031648170726
47990CB00019B/2736